Ylvie Wolf

Die Arboritos

Band 1: Auf den Spuren der Diebe

Impressum

Texte:	© 2023 Ylvie Wolf 2. überarbeitete Fassung
Umschlag:	© 2023 Ylvie Wolf
Verantwortlich für den Inhalt:	Ylvie Wolf Görlitzer Str. 2b 51381 Leverkusen ylviewolf@aol.com www.arboritos.de www.semikolons-welt.de
Druck:	tolino media

Herstellung und Druck über tolino media GmbH & Co. KG,
Albrechtstr. 14, 80636 München. Printed in Germany.
Fragen zu Produktsicherheit an: gpsr@tolino.media.

Ylvie Wolf

Die Arboritos

Band 1:
Auf den Spuren der Diebe

Für Oliver und Fabian

Inhalt

Frühlingsferien 6

Der Rup-Speicher 22

Gigant findet einen Geheimgang 37

Abenteuer im Labyrinth 53

Einbruch! 70

Freyas Alleingang 84

Hornreiter und Ameisen 94

Die Pläne sind verschwunden! 111

Eine erste Spur 120

Neue Pläne 131

Die Fahrt mit dem Mäuse-Express 141

Verfolgungsjagd 157

Geständnis 174

Folgt dem Dieb! 188

Tamo ist verschwunden! 199

Auf frischer Tat ertappt 209

Picknick 230

Frühlingsferien

»Mein Bruder und ich werden eine Exkursion in die Wildnis machen! Wir wollen Ameisen jagen. Wusstet ihr, dass Ameisen total stark sind und man sie nur erlegen kann, indem man sie von Weitem mit Dornspeeren bewirft? Also ich mein nicht die normalen Waldameisen. Sondern die großen, die mir bis zur Hüfte gehen! Man muss höllisch darauf achten, dass sie einen nicht mit ihrer Säure treffen.«

Fabia lauschte mit gespitzten Ohren und wippenden Fühlern der abenteuerlichen Geschichte ihres neuen Mitschülers. So eine Entengrütze! Sie schüttelte den Kopf. Wenn auch nur die Hälfte von Tamos Geschichten der Wahrheit entsprach, hatte er mehr erlebt als alle Bewohner ihrer Buche zusammen.

Es war unhöflich und doch mischte sie sich in das Gespräch ein. »Na klar, du Spinner! Wir dürfen zwar erst in zwei Jahren auf den Boden, aber du warst natürlich schon draußen! Erzähl das jemand anderem.«

»Falsch!« Tamos Fühler wippten belustigt auf und ab. »Ich werde ein Jahr früher Vierzehn als ihr Kinderchen und darf nächstes Jahr schon.«

»Ich weiß nicht so genau, was daran witzig ist, wenn man wurzeln geblieben ist.«

Fabia wandte sich hochnäsig ab und erhielt von ihrem Zwillingsbruder Kion einen strafenden Blick. Das war wohl zu viel des Guten gewesen. Was machte das schon? Bevor sie sich entschließen konnte, ob sie weiter dem Märchen lauschen oder lieber mit Kion den Klassenraum verlassen sollte, hörte sie Kajas bissige Stimme hinter sich.

»Was redet die denn dazwischen?«

Fabia biss sich auf die Zunge, um nicht aus der Haut zu fahren. Das hatte sie davon, sich andauernd einzumischen. Ein Punkt mehr auf der Unbeliebtheitsskala. Mit heißem Gesicht hockte sie nieder und gab vor, ihre Schuhe zuschnüren zu müssen. Dabei bekam sie den Abschluss von Tamos Geschichte mit.

»Danach machen wir einen Abstecher zum Bach hinunter. Dort gibt es riesige Tunnelsysteme von Wühlmäusen. Vielleicht finden wir einen Schatz. Den zeig ich euch dann nach den Frühlingsferien.«

Die anderen gaben beeindruckte Laute von sich. Nach und nach gingen die letzten Schüler plaudernd aus dem Raum.

Fabia wartete, bis der Pulk an ihr vorbeigezogen war und richtete sich auf. Inzwischen waren außer ihr nur noch Kion, Tamo und die Lehrerin anwesend.

Die lächelte sie an. »Raus mit euch! Genießt das Wetter und habt eine schöne Zeit.«

Die drei Kinder nickten und verabschiedeten sich. Sie traten aus dem Klassenzimmer hinaus in den dämmrigen Korridor. Wie alle Gänge in Buchenhain war er röhrenförmig angelegt. Die Pilze in den kleinen Nischen zu beiden Seiten leuchteten in einem schummrigen Grün. Das Licht reichte aus, denn Fabia und Kion besaßen wie alle Arbolde gute Augen. Sie verließen den Baum und traten auf Plattform Siebzehn an die frische Luft.

Kion reckte sich herzhaft. »Endlich Ferien.«

Er schaute unter halb geschlossenen Lidern zum Blätterdach hinauf. Jetzt, da sie unter sich waren, sprach Kion mehr als einen Satz am Stück. »Das Wetter ist schön und soll auch so bleiben, meinen die Wetterfrösche.«

Er hatte recht, es war herrlich: Die Sonne schien durch das Blattwerk, es wehte eine leichte Brise und die Zweige in der Krone der Eiche bewegten sich sanft hin und her. Weit unter ihnen konnten sie den Waldboden sehen und Fabia blickte wie immer neugierig hinab. War das dort hinten ein Eichhörnchen?

Kions Stimme riss sie aus der Beobachtung. »Sollen wir dann los?«

Sie nickte und wandte sich nach links. Verblüfft wäre sie beinahe in Tamo hineingelaufen und blieb abrupt stehen. Finster blickte sie ihn an. »Was soll das?«

»Ich wollte fragen, ob ich mitkommen kann.« Tamos Stimme klang höflich und nicht so angeberisch und aufgeblasen wie sonst, wenn er eins seiner Märchen erzählte.

Irritiert fragte sie: »Mitkommen? Wohin?«

»Ihr wollt doch euren Vater besuchen, das habe ich in der Pause vorhin mitbekommen.« Tamo druckste herum. Er wirkte wie ausgewechselt, auf eine fremde Weise scheu. Sein Blick war zum Blätterdach gerichtet.

»Er hat meiner Mutter diesen mechanischen Webstuhl gebaut, mit dem sie endlich wieder arbeiten kann. Ich möchte mich persönlich bei ihm bedanken.«

Erstaunt wusste Fabia nicht, was sie darauf entgegnen sollte. Tamo sah sie nochmals an und ein spitzbübisches Grinsen erschien auf seinem Gesicht. »Ich habe dich noch nie sprachlos gesehen.«

»Ah, da ist ja der Tamo wieder, den wir kennen. Hab ihn fast vermisst«, sagte Fabia mit bemüht hochnäsiger Stimme.

Tamo lachte. »Und da ist die Fabia, wie wir sie kennen.«

Sie holte Luft, um etwas Passendes zu kontern, da mischte sich Kion ein. »Du kannst gerne mitkommen.«

Die Situation entspannte sich spürbar.

Fabia stieß die Luft aus und kratzte verlegen an ihrem Fühler. Ohne ein weiteres Wort drängte sie sich an Tamo vorbei. Sie folgten den vielen Stufen der Spindeltreppe um den Baum herum.

Tamo ging neben Kion her und erzählte ihm eine seiner Geschichten. Sie handelte von einem Eichhörnchen und einem unfreiwilligen Ritt. Kopfschüttelnd warf Fabia einen Blick zu ihrem Bruder und näherte sich dem Aufzug. Um im Inneren des Baumes mehr Platz zu haben, erreichte man die oberen Plattformen ausschließlich über den Krabbelzug: Große Insekten, die den Stamm auf und abliefen und dabei Arbolde trugen.

Die drei reihten sich in die kurze Warteschlange ein und geduldeten sich, bis sie an der Reihe waren. Derweil folgte Fabias Blick den Tieren, die kontinuierlich in die Höhe krabbelten.

Endlich war sie dran und erklomm den breiten Rücken eines Allzeitenkäfers. Sie nahm mit ihren Fühlern Kontakt auf und der Käfer freute sich über ihre nett gemeinten Gedanken.

Auf Ebene Dreiundzwanzig stieg sie aus, bedankte sich bei dem Insekt und wartete auf die Jungen. Hier in der Nähe der Krone bewegte sich die Eiche leicht im Wind. Die dünnen Äste waren mit Verbindungswegen und Plateaus verbunden, sodass man das halbe Blattwerk ohne Hindernisse überqueren konnte. Doch so mühelos konnten sie das Labor ihres Vaters nicht erreichen.

Fabia ging voran und näherte sich einer Abzweigung. Der Weg links führte zum Wissenschaftszentrum, in dem ihr Großvater arbeitete. Rechts ging es zu den Lagerhäusern der Wässerer, die oben im Laubwerk das Tau- und Regenwasser sammelten. Sie entschied sich für keinen der beiden Wege. Stattdessen stieg sie auf eine Strickleiter, die halb über dem Abgrund baumelte und kletterte fix einige Fuß nach oben. Die Zweige wurden stetig dünner und das

Blätterdach lichtete sich, eine Bö ließ die Leiter arg hin und her schaukeln. Da Fabia das gewohnt war, machte es ihr nichts aus. Oben angekommen, erklomm sie ein Plateau, auf dem ein kleines Haus stand. Die Wände waren aus Ästen zusammengebunden und das flache Dach bestand aus Heu und Zweigen.

»Astrein!« Tamo klang begeistert.

Fabia drehte sich um und beobachtete ihren Klassenkameraden, der sich auf der Plattform ein paar Mal drehte und alles anschaute. Dann fiel sein Blick auf das Haus und er grinste. »Richtig klasse.«

»Das hat Papa selbst gebaut«, erklärte sie stolz.

Auch Kion hatte die Ebene erreicht und ein feines Lächeln umspielte seine Lippen. »Wir haben geholfen.«

Er ging an Tamo vorbei. »Lasst uns reingehen, Papa wartet bestimmt schon.«

Gemeinsam betraten sie das kleine Haus. Der Raum war vollgestopft mit rätselhaften Maschinen, deren Zweck man nur erahnen konnte. Fabia kannte viele Dinge von früheren Besuchen. Mehrere mechanische Webstühle standen in einer Ecke. Im Fruchtbecher einer Buchecker waren mehrere Drähte verknotet und Fabia hatte immer noch keine Idee, wozu das gut sein sollte. Rechts von ihr befand sich ein Sammelsurium von Gegenständen, bei denen die Funktionsweise nicht einmal ansatzweise verständlich war. Etwas Neues fing ihren Blick ein: Über die halbe Rückwand erstreckte sich eine seltsam anmutende Apparatur. Was das wohl war?

»Ah, da seid ihr ja!«, ertönte eine Stimme, aber man konnte niemanden sehen. Fabia drehte sich um die eigene Achse, dann deutete Kion nach oben. Sie legte den Kopf in den Nacken und sah über sich eine geöffnete Luke zum Dach. Ein Kopf mit wirren Haaren war dort erschienen.

»Hallo, Papa.« Fabia lächelte.

Das Gesicht verschwand aus der Öffnung. Eine Strickleiter wurde hinabgelassen, deren Ende auf den Boden plumpste. Ein Bein erschien, dazu ein zweites und letztendlich schob Ruprecht Buchwald seinen gesamten Körper durch die Luke und kletterte behände hinab. Unten angekommen, drehte er sich lächelnd zu den drei Neuankömmlingen um. »Willkommen.«

Er wirkte genauso wirr wie seine Haare. »Ich muss euch etwas zeigen, wir sind endlich fertig! Das ist die Erfindung des Jahrhunderts!«

Sie folgten ihm in die hintere Ecke zu der riesigen Anlage. »Schaut her. Ist das nicht klasse?«

Da keiner etwas sagte, schnaubte Rup vernehmbar. »Banausen. Na gut, ich erklär es euch.«

Er deutete auf ein langes Rohr, das durch die Decke in den Raum hineinragte und etwa in Kopfhöhe endete. Darunter war ein Wasserrad, von dem aus Drähte zu einem metallenen Gerät verliefen.

»Also: Durch das Rohr fließt Wasser hindurch, das wir weiter oben im Blattwerk mittels eines Trichters sammeln. Das Wasser treibt das Rad an, dadurch entsteht Energie. Das ist ja nichts Neues, so werden immerhin unser Hauptaufzug und die Gondeln angetrieben. Aber diese Energie wird hier in diesem Gerät in Blitzenergie umgewandelt. Also dieselbe Kraft, die bei einem Blitzeinschlag während eines Gewitters entsteht. Auch das hat es schon einmal gegeben, habt ihr bestimmt in der Schule gelernt. Doch mit diesem Gerät hier ist es endlich möglich, diese Blitzenergie zu *speichern*.«

Er tätschelte liebevoll einen kleinen, unscheinbaren Kasten. Er war durch Drähte mit dem Umwandler verbunden.

»Und das heißt …?«, fragte Fabia vorsichtig.

»Das bedeutet, man kann die Blitzenergie hier speichern und dann woanders wieder freilassen«, sagte Tamo begeistert.

Rup strahlte ihn an. »Ja, richtig! Du hast es erfasst. Ist das nicht genial?«

»Das ist astrein!« Tamo trat einen Schritt näher, um sich den Kasten genauer anzuschauen.

In dem Moment stutzte Rup und sah für mehrere Sekunden auf Tamos Hinterkopf. Er blinzelte, kratzte sich am Fühler und drehte seinen Kopf zu Fabia.

»Sag mal«, flüsterte er so laut, dass jeder es hören konnte. »Wer ist das überhaupt?«

Kions Stimme bebte vor unterdrücktem Lachen. »Das ist Tamo Baumgarten, einer unserer Mitschüler.«

Der drehte sich um und schüttelte Rup die Hand. »Ich wollte mich bei Ihnen bedanken. Die Erfindung des mechanischen Webstuhls hat meiner Mutter sehr geholfen.«

Er lächelte den schlaksigen Wissenschaftler an, der schwerfällig nickte. Das Nicken ging in ein Kopfschütteln über, dann wurde daraus wieder ein Nicken.

»Ich habs!« Er fasste sich kopfschüttelnd an die Stirn. Irritiert sah Tamo ihn an.

Fabia hatte eine ungefähre Idee, was los war und tauschte einen Blick mit Kion. Der hatte mittlerweile Tränen in den Augen.

»Du bist der Sohn von Karli«, stellte Rup fest und schüttelte Tamo erneut die Hand. Der blickte erstaunt, fing sich aber zügig und nickte.

»Wunderbar«, sagte Rup. »Und wie geht es ihr?«

»Seitdem sie durch den Webstuhl wieder arbeiten kann, sehr gut. Sie schafft es einfach nicht mehr ohne Hilfe.« Tamo wirkte ungewohnt ernst.

»So kann sie trotz ihrer Krankheit weiterarbeiten. Und etwas mehr Boldstücke bekommen wir dadurch auch rein.«

Fabia sah, wie Tamo rot anlief. Peinlich berührt wandte sie sich ab und täuschte für ein kleines rundes Gerät Interesse vor, das direkt neben ihr auf einem Tisch lag. Es handelte sich um eine Uhr, die ohne Probleme in ihre Hand passte.

»Ah, du hast meine Erfindung entdeckt.« Rups Assistent Johann war unbemerkt an sie herangetreten.

Sie kannte ihn seit Kindesalter und schenkte ihm ein Lächeln. »Hallo. Was ist das? So eine kleine Uhr habe ich noch nie gesehen.«

»Es handelt sich um einen Nano-Zeitmesser.« Er nahm die Uhr in die Hand. »Ich habe die großen

Uhren nachgebaut, die im Rathaus und in eurem Schulgebäude hängen. Die Bestandteile wurden immer kleiner und kleiner und zu guter Letzt habe ich es geschafft, sie in handliche Form zu bringen. Magst du sie haben?«

Er hielt ihr die Uhr hin.

Mit großen Augen schaute sie auf das Gerät in seiner Hand. »Was, aber … ich kann nicht einfach deine Erfindung mitnehmen.«

Stotternd sah sie zu Johann.

»Natürlich kannst du das. Hör mal, Fabia, wir beide kennen uns schon so lange, da kann ich dir doch ein Geschenk machen. Außerdem habe ich mehrere.«

Er zwinkerte ihr zu und wedelte auffordernd mit der Uhr vor ihrem Gesicht herum.

Lächelnd nahm sie das Geschenk entgegen. »Danke schön! Wie geht es denn der kleinen Rica?«

Wie auf Kommando begann Johann übers gesamte Gesicht zu strahlen. »Ganz wunderbar geht es ihr! Sie kommt im Sommer endlich in die Schule und ist so aufgeregt. Seit Wochen spricht sie über nichts anderes mehr.«

Fabia hatte die kleine Tochter Johanns einige Male im Labor getroffen und war begeistert von dem fröhlichen, munteren Kind gewesen. »Grüße sie von mir!«

Die anderen gesellten sich zu ihr und Johann kehrte summend an die Arbeit zurück. Fabia betrachtete glücklich ihren Zeitmesser und stellte fest, dass es zwei Uhr mittags war. Kein Wunder, dass ihr Magen knurrte.

»Hat da jemand Hunger?« Tamo grinste sie an.

Doch selbst er konnte ihr die gute Laune nicht vermiesen und sie ignorierte die Stichelei.

Allerdings sprang ihr Vater sofort drauf an. »Eine super Idee. Tamo, wie wäre es, wenn du mit deiner Familie demnächst mal zum Abendessen vorbeikommst? Sagen wir, Sonntagabend um Fünf?«

Tamo nickte lächelnd. »Klappt bestimmt, ich frag zu Hause direkt nach. Danke für die Einladung.«

In dem Moment fiel Fabia etwas ein und sie sah zu ihrem Vater. »Denk dran, heute kommt Opa zu Besuch.«

Sie sah an Papas miesepetrigen Gesichtsausdruck, dass er das nicht vergessen hatte.

Er schnaufte. »Ja ja. Ich muss noch ein wenig arbeiten, dann mache ich mich auch auf den Weg.«

Kopfschüttelnd drehte sie sich um und schritt den Jungen voran durch die Eingangstür. Papa und Opa würden sich vermutlich wie immer streiten.

Sie prallte gegen ein weiches Hindernis. »Autsch!«

Erschrocken hechtete sie einen Schritt zurück und sah in das finstere Gesicht eines ihr fremden Mannes. »Entschuldigung. Ich habe Sie nicht gesehen, war in Gedanken.«

Die Miene des Mannes blieb bedrohlich, als er sie anblaffte: »Pass gefälligst beim nächsten Mal besser auf, wo du hintrittst.«

»Aber, aber, guter Bold, sie hat sich doch entschuldigt!« Rup trat von hinten heran und stellte sich hinter seine Tochter. Er betrachtete den Mann prüfend, wobei sich Sorgenfalten in sein Gesicht gruben.

»Sind Sie vom Gericht? Geht es um die Räumlichkeiten hier?«

Der Fremde warf Fabia einen letzten, mürrischen Blick von oben herab zu und wandte sich an Rup. »Nein, nein. Ich bin bloß ein neugieriger Wissenschaftsfan und hatte gehofft, ich darf mir mal Ihr Labor anschauen.« Er lächelte gekünstelt und seine Stimme hatte einen heuchlerischen, schmierigen Ton angenommen.

Rup sprang drauf an, auch wenn er weiterhin skeptisch schaute. »Oh, na, wenn das so ist! Kommen Sie doch herein. Da hab ich mich wohl auf dem Holzweg befunden, wie? Ich dachte schon, mein letztes Sonnenstündchen hätte geschlagen.«

Er forderte den Mann auf, ihm zu folgen. Seinen Kindern winkte er abschließend zu.

»Was war das denn für einer?« Tamos Fühler zuckten. Er und Kion hatten die Situation schweigend beobachtet.

»Habt ihr gesehen, dass er nur einen Fühler hat? Was wohl mit seinem zweiten geschehen ist?«

»Kannst dir ja eine Geschichte dazu ausdenken.« Fabia war genervt. Ihr war der Fremde nicht geheuer und sie fragte sich, ob man Papa mit ihm allein lassen sollte. Rup hatte die Angewohnheit, zu redselig und freundlich zu seinen Mitarbolden zu sein.

Tamo ging nicht auf ihren Kommentar ein. »Warum sollte jemand vom Gericht herkommen?«

Kion zuckte ausweichend mit den Achseln. »Papa hat immer wieder Probleme mit denen.«

Tamo gab sich mit der Antwort zufrieden, aber Fabia fiel ins Grübeln. Es stimmte, Papa besaß ein Gedächtnis wie ein Sieb und hatte immer nur seine Erfindungen im Kopf. Doch in der letzten Zeit hatte sie das Gefühl, häufiger davon zu hören, wie er verzweifelt versuchte, eine seiner kleineren Erfindungen an den Arbold zu bringen. Vielleicht waren ihre Geldsorgen ja größer als gedacht.

Sie gab es nicht gerne zu und war unendlich froh, dass Kion es nicht sofort unter Tamos viel zu neugierige Nase rieb: Sie machten sich beide große Sorgen. Was wäre, wenn Papa sein Labor verlassen müsste? Es war doch sein ganzer Stolz, er liebte seine Arbeit. Mama machte eh schon Doppelschichten im Blattwerk, um ihnen etwas Vernünftiges zu Essen auf den Tisch zu bringen.

Bevor sie in ihren düsteren Gedanken versinken konnte, machten sie sich an den Abstieg und Fabia verdrängte ihre Sorgen fürs Erste. Jetzt sollten erst einmal die Ferien beginnen!

Der Rup-Speicher

Die drei machten sich gemeinsam auf den Heimweg. Tamo legte seinen Arm um Kions Schultern und führte ihn von Fabia weg. Wenn man Kions Gesichtsausdruck richtig deutete, geschah das nicht zu seiner Freude.

»Und, was habt ihr so in den Ferien vor? Mein Vater muss leider die ganze Zeit ackern. Er arbeitet unten in der Schmiede. Natürlich nicht so ein astreiner Job wie der eures Vaters, aber mindestens genauso wichtig.« Die Worte sprudelten regelrecht aus ihm hervor.

Fassungslos folgte Fabia den beiden. Seit wann interessierte sich Tamo für sie und ihren Bruder? Bisher hatte er sich an ihre anderen Klassenkameraden gehangen und sie mit seinen erfundenen Erlebnissen zugequatscht. Das schien er heute bei ihnen alles nachholen zu wollen.

Auf Etage Zwölf angekommen, wusste Fabia nicht mehr, ob sie lachen oder weinen sollte. Tamo hatte Kion die gesamte Zeit über die irrwitzigsten

Geschichten erzählt. Wenigstens hatte er den Arm von Kions Schulter genommen, da er ihn für die gestikulierende Untermalung seiner Berichte benötigte.

»Also dann.« Fabia unterbrach die unglaubwürdige Beschreibung eines Ausflugs auf dem Rücken einer Ente zu gern.

»Wir müssen rüber zur Südbuche. Du musst sicherlich woanders lang.«

Auch dieser Satz schien gemein gewesen zu sein, jedenfalls interpretierte sie den Blick ihres Bruders so. Allerdings schien er erleichtert zu sein.

»Das stimmt.« Tamo winkte ihnen fröhlich zu. »Bis Übermorgen!«

Kopfschüttelnd sah Fabia ihm hinterher.

»In meinem Kopf summt es wie im Bienenstock.« Kion steckte einen Finger ins Ohr.

Sein Blick fiel auf das Grinsen Fabias und er sagte sogleich: »Ach komm. So schlimm ist Tamo nicht. Ich finde es nett, dass er heute mit bei Papa war.«

Fabia ließ die Aussage im Raum stehen. Sie überquerten den Verbindungsast zwischen der Haupteiche der Stadt und der Buche, in der sie wohnten.

Auf dem Ast könnten sie ohne Probleme mit der ganzen Familie nebeneinander herlaufen. Über eine Hängebrücke gelangten sie auf ihren Wohnbaum. In der alten Buche befanden sich Wohnstätten und die Web- und Nähstuben. Sie folgten der Spindeltreppe, die sacht abwärts führte. Auf Ebene Zehn begann das Wohngebiet der Arbolde. Hin und wieder waren Gänge in den Baum hineingehauen worden. Das letzte Stück bestand aus unregelmäßigen, alten Treppenstufen. Man sah ihnen ihr hohes Alter an und Fabia fragte sich, ob sie jemals renoviert worden waren.

Auf Ebene Fünf gab es drei Wohnungen, zwei waren lange unbewohnt. Sie betraten den Gang, der zu ihrer Wohnungstür führte. Fabia kramte aus ihrer Tasche den Schlüssel hervor und schloss auf.

»Hallo Mama, wir sind zu Hause!« Sie zog sich im Flur die Schuhe aus.

Die Decken der Wohnung waren doppelt so hoch wie in den neueren Behausungen weiter oben. Alles war weitläufig sowie krumm und schief. Im Badezimmer musste man aufpassen, nicht mit dem Kopf gegen die schräge Wand zu prallen. Fabia liebte die Wohnung, die seit Generationen im Besitz von Papas Familie war.

Lara Buchwald schaute aus der Küche in den Flur und lächelte. »Hallo, ihr zwei. Ihr könnt mir gleich mal helfen.«

Sie bereiteten das Abendessen vor. Kion wusch das Moos ab und zerschnitt es in mundgerechte Stücke. Ebenso verfuhr er mit einem Blatt Brennnessel, bei dem er darauf achtete, nur die Oberseite zu berühren. Zuletzt nahm er Knoblauchrauke und vermengte alles untereinander.

Fabia sog den frischen Duft nach Erde gemischt mit einem Hauch von Knoblauch ein und kümmerte sich derweil um die Beilage. Sie weichte ein paar getrocknete Pilze in Wasser ein und vermischte sie mit einer Portion Frauenfarn. Öl und Kräuter vermischte sie zu einer duftenden Soße.

»Fertig.« Zufrieden stellte sie die Schüssel auf den Tisch.

Genau in dem Moment betrat Rup das Esszimmer. Er schnupperte und äugte in die Schüsseln hinein. »Oh, hier riecht es aber lecker!« Er gab seiner Frau einen Kuss und ließ sich schnaufend am Tisch nieder. Fabia und Kion setzten sich ebenfalls und warteten mit knurrenden Mägen.

»Wir haben schon kurz nach Fünf, wo bleibt Opa denn?« Fabia betrachtete liebevoll ihre Uhr.

Lara reckte den Hals. »Was hast du denn da?«

Fabia reichte ihr die Uhr. »Die habe ich von Johann geschenkt bekommen.« Der Zeitmesser wurde herumgereicht und alle betrachteten ihn interessiert.

Auf Rups Gesicht war ein trauriges Lächeln getreten. »Diese Uhr sollte letztes Jahr dafür sorgen, dass wir einen ordentlichen Zuschuss für unsere Forschung erhalten.«

Kion runzelte die Stirn. »Was war das Problem?«

Rup seufzte. »Die Arbolde vertrauen unserem Labor nicht mehr seit der Sache damals. So ist die Vermarktung der Uhr irgendwie mehr schlecht als recht über die Waldbühne gelaufen.« Er setzte sich aufrechter hin und lächelte. »Aber das wird sich bald ändern. Ich weiß gar nicht, welches Projekt Johann momentan verfolgt.«

»Solltest du nicht wissen, woran deine Mitarbeiter forschen?«, fragte Lara amüsiert.

Mit großen Augen sah Rup sie an. »Doch, eigentlich schon. Manchmal hab ich das Gefühl, ich steh im Wald und bekomm nichts mehr mit.«

Es läutete an der Tür und Rup stand auf, über sich den Kopf schüttelnd.

Ein Lächeln huschte über Kions Gesicht. »Typisch Papa.«

Kurz darauf kam Rup zurück ins Esszimmer. Ihm folgte ein kleiner, rundlicher Mann mit weißem Vollbart und ebenso weißen Haaren.

»Hallo Kinder!«, rief er dröhnend.

»Hallo, Opa!«, antworteten die Zwillinge im Chor.

»Guten Abend, Hermann.« Lara begrüßte ihren Schwiegervater, der sich auf seinem Stammplatz niederließ.

»Es gibt Borkenkäferauflauf, den ich vorhin auf dem Markt gekauft habe.« Lara füllte die Teller und sie begannen zu essen. Für eine Weile sprach niemand.

Fabia aß den Auflauf mit gemischten Gefühlen. Sie wusste, dass das frisch zubereitete Essen vom Markt nicht günstig war. Aber sie ahnte, warum es heute etwas Außergewöhnliches gab. Mama wollte verhindern, dass Opa herausfand, wie es um ihre Finanzen stand. Das hatten ihre Eltern ihnen zwar nie gesagt, aber sie waren nicht auf den Kopf gefallen.

Nach längerer Zeit sah Lara Fabia an und ergriff das Wort. »Ihr wolltet gerade von eurem Tag erzählen.«

Fabia sah sie stirnrunzelnd an. Wollten sie das? Sie bemerkte den kurzen Blick, den ihre Mutter Rup zuwarf und verstand. Ihr Vater hatte keine Lust, dass Opa Hermann sofort mit seinen üblichen

Vorschlägen anfing. Und so lächelte Fabia. »Ja, stimmt. Der Schultag war ganz in Ordnung, wir schreiben direkt nach den Ferien eine Biologiearbeit. Aber im Anschluss wollen wir zum ersten Mal eine Exkursion auf den Waldboden machen. Darauf freuen wir uns schon lange, allein dürfen wir ja nicht runter. Nach dem Unterricht haben wir Papa besucht und sein Mitarbeiter Johann hat mir diese Uhr hier geschenkt.«

Sie hielt das kleine Gerät empor.

Ihr Opa nahm es interessiert in die Hände. »Ah, spannend. Hat dieser Johann es geschafft, das Uhrwerk so zu verkleinern, dass es in so ein kleines Ding reinpasst? Ich verstehe.« Er nickte zu seinen eigenen Worten und gab Fabia das Geschenk zurück, bevor er sich an Kion wandte. »Und du hast auch etwas bekommen?«

Kion schüttelte den Kopf. »Nein, ich war währenddessen mit Tamo bei Papas neuer Erfindung.«

»Wer ist Tamo?«, fragte Lara.

Hermann sprach gleichzeitig. »Neue Erfindung?«

Rup hatte die Stirn in Falten gelegt. »Tamo Baumgarten. Ich habe seiner Mutter einen mechanischen Webstuhl gebaut. Sie ist sehr krank und kann nur von zu Hause aus arbeiten. Tamo wollte sich dafür bedanken.«

»Das ist aber nett von Tamo.« Lara lächelte. »Ich wusste nicht, dass ihr befreundet seid.«

»Sind wir auch nicht«, sagte Fabia prompt. »Wir haben ihn nur mit ins Labor genommen.«

»Also ich mag ihn.« Kion lehnte sich auf seinem Stuhl zurück.

»Was?« Fabia sah ihn verblüfft an. Bevor sie nachhaken konnte, meldete sich ihr Opa zu Wort.

»Wie war das mit der neuen Erfindung?«

Rup machte ein Gesicht wie sieben Tage Regenwetter und sagte zögerlich: »Ich habe es endlich geschafft, ein Blitzenergie-Speichergerät herzustellen.«

Fabia legte die Gabel hin. Jetzt würde eine hitzige Diskussion ausbrechen.

»Ich bin so stolz auf dich«, sagte Lara und gab ihm einen Kuss zwischen seine Fühler. Das ließ Rups Sorgenfalten für einen kurzen Augenblick verschwinden. Sobald Hermann das Wort ergriff, gruben sie sich zurück in seine Stirn.

»Blitzenergie? Das ist doch viel zu gefährlich, Rup! Stell dir vor, die Stadt wird durch einen Blitzschlag getroffen und wegen deiner Experimente zerstört!«

Wie ein kleiner Junge verschränkte Rup die Arme vor der Brust und sagt mit widerspenstiger Stimme: »Ich habe nie behauptet, dass wir die Energie aus den Blitzen eines Gewitters nehmen.«

Fabia öffnete den Mund, wollte ihrem Vater beistehen und von dem Wasserrad berichten. »Autsch!«, rief sie, als etwas unterm Tisch gegen ihr Schienbein krachte.

Sie warf dem gegenübersitzenden Kion einen wütenden Blick zu. Er schüttelte kaum merklich den Kopf. Also hatte er sie tatsächlich getreten. Sie hielt sich an seine Anweisung und da alle Erwachsenen sie anstarrten, sagte sie schnell: »Tschuldigung, bin gegen das Tischbein gestoßen.«

Ihr Opa wandte sich an Rup, die kleine Unterbrechung ignorierend. »Ich verstehe nicht, warum du mein Angebot nicht annimmst. Komm in meine Firma. Du kannst dein Projekt in aller Ruhe beenden und auf den Markt bringen. Natürlich kannst du diesen Johann gerne mitbringen.«

»Ich kann meine Erfindung auch allein vermarkten.« Rup schaute finster drein. »Dafür brauche ich deine Hilfe nicht.«

»Es geht doch nicht darum, dass du das alleine nicht kannst, du Holzkopf«, sagte Hermann. »Wenn du möchtest, dass dein Blitzenergie-Speichergerät akzeptiert wird, solltest du in Erwägung ziehen, es in meinem Namen zu machen.«

Fabia unterdrückte ein Augenrollen. Es war immer dasselbe. Ihr Opa machte Rup das Angebot, zu ihm zu wechseln, der lehnte es ab und es wurde über dieselben Themen gestritten. Sie kannte die folgende Diskussion auswendig, so oft hatte sie ihr beigewohnt.

Und schon begann ihr Opa. »Du weißt doch. Nach diesem vermaledeiten Unfall vor ein paar Jahren hat deine Anerkennung rapide abgenommen. Die Arbolde aus Buchenhain schätzen deine Arbeit einfach nicht so, wie sie es verdient hätte. Aber wenn du deine Erfindung im Namen meiner Firma verkaufen würdest …«

»Nein«, sagte Rup entschieden. »Ich werde mit dieser Neuheit meinen Namen reinwaschen. Und zwar ganz allein.«

Wie jedes Mal wurde Hermann ungehalten. »Junge, wann begreifst du endlich, dass du es viel einfacher hättest bei mir? Denk doch an deine Familie. Sie müssen viel entbehren, weil du mit deiner Arbeit nicht so viele Boldstücke verdienst. Bei mir würdest du viel mehr verdienen.«

»Nein danke. Wir haben genug.« Rup beendete – wie immer – das Gespräch, in dem er aufstand und sich ins Wohnzimmer zurückzog.

Fabia schüttelte den Kopf und sah Kion an. Er lächelte gequält. Ihr Opa wollte nicht einsehen, dass sich Rup nicht helfen lassen wollte.

Die Unterhaltung lief in eine andere Richtung. Jedoch wirkte die Stimmung gezwungen und bald verabschiedete Hermann sich. »Das Essen war wunderbar, danke, Lara.«

Fabia und Kion verabschiedeten sich von ihrem Opa und räumten den Tisch ab. Sie stellten in der Küche alles zur Spüle und hörten, wie Lara den Besuch in den Flur begleitete. Als die Haustür ins Schloss fiel, spähte Rup um die Ecke.

»Ist er weg?«, raunte er so laut, dass man ihn in der gesamten Wohnung – und auch vor der Tür noch – hören konnte.

»Ja.« Kion grinste.

»Oh, gut.« Rup kam in die Küche geschlendert. Er nahm sich eine Schüssel und schaufelte sich einen Löffel vom Auflauf hinein. Kauend sagte er: »Warum noch gleich laden wir den alten Mann dauernd ein?«

»Weil er dein Vater ist, Schatz.« Gerade betrat Lara die Küche. Sie gab ihrem Mann einen Kuss und schüttelte belustigt den Kopf. »Ihr müsst euch auch immer anmeckern.«

»Ich kann nichts dafür«, sagte Rup und stellte seine ratzfatz leergefutterte Schale ebenfalls in die Spüle. »Mein Blitzenergie-Speichergerät werde ich jedenfalls ganz allein rausbringen.«

»Du brauchst dringend einen anderen Namen dafür«, sagte Kion lächelnd.

Verwirrt schaute Rup ihn an, dann schien er zu verstehen. »Hast du einen Vorschlag?«

»Oh.« Damit hatte Kion nicht gerechnet. »Wie wäre es mit … Rup-Speicher?«

Sein Vater klatschte begeistert in die Hände. »Der Rup-Speicher! Ha! Borke und Rinde! Eine tolle Idee, mein Sohn. Dass ich da nicht drauf gekommen bin! Manchmal sieht man den Wald vor lauter Bäumen nicht.«

Als sie kurze Zeit später in ihren Moosbetten lagen, musste Fabia schmunzeln. »Der Rup-Speicher?«

»Versuch du mal, dir in aller Schnelle einen Namen zu überlegen«, sagte Kion.

Fabia hörte Unbehagen aus seiner Stimme heraus. »Ist doch gut so. Papa ist zufrieden.« Nachdenklich fügte sie hinzu: »Meinst du, er kann mit dieser Erfindung wirklich sein Ansehen wiederherstellen?«

Sie dachte an die vernichtenden Blicke ihrer Klassenkameraden und an die abgetragenen Kleidungsstücke, die ihre Mutter vom Flohmarkt kaufte. Ein Funken Hoffnung mischte sich in ihre tristen Gedanken. Vielleicht würde sich das bald alles ändern. Dann würden die anderen aus ihrer Klasse sie nicht mehr wie Aussätzige behandeln, oder? Und sie würden endlich einmal in den Urlaub fahren oder Essen gehen können. Und Mama und Papa wären endlich wieder glücklich!

»Das wäre himmlisch.« Kion holte sie in die Realität zurück. »Aber wir sollten nicht zu viel erwarten. Vermutlich dauert es ewig, bis der Rup-Speicher – wie sich das anhört – gebaut und vermarktet ist und Boldstücke dabei rausspringen. Ich hoffe sehr, dass es was wird. So, wie Papa eben geklungen hat, bleibt nicht mehr viel Zeit, bis das Gericht entscheidet, ihm das Labor wegzunehmen.«

»Aber Papa hat das Labor doch gekauft, es gehört ihm.« Sie wusste, dass irgendwo ein Haken war, aber sie hatte mit Finanzdingen bisher nichts am Fühler gehabt.

Kion erklärte es ihr: »Schon. Aber um das Labor zu bauen und das Grundstück zu kaufen, hat er eine Hypothek auf unsere Wohnung aufgenommen. Wenn er die nicht zurückzahlen kann, nehmen sie ihm vermutlich das Labor weg. Oder die Wohnung.«

Fabia schluckte, auch wenn sie nur die Hälfte von dem verstand. Je länger sie über ihre ganze Situation nachdachte, desto mehr schnürte es ihr die Kehle zu. Sie wollte nicht, dass sich ihre Eltern andauernd Sorgen machen und jedes Boldstück umdrehen mussten. Das hatten sie nicht verdient. Sie arbeiteten so hart, um ihr und Kion viel zu ermöglichen. Traurigkeit überfiel sie.

Daher lenkte sie auf ein anderes Thema, das sie seit dem Essen beschäftigte. »Du *magst* Tamo?«

»Ja«, kam die knappe Antwort. »Er ist unterhaltsam und freundlich. Und er spricht mit uns, im Gegensatz zu unseren anderen Mitschülern.«

Im Dunklen schnitt Fabia der Decke eine Grimasse. »Aber er labert total die Entengrütze!«

»Das stimmt. Aber ich glaube, in ihm steckt ein ganz netter Kerl. Ich fand es schön, wie er von seiner Mutter erzählt hat.«

Für eine Weile hingen sie ihren Gedanken nach. Fabia musste ihrem Bruder recht geben. Sobald Tamo nicht darauf achtete, redete er nicht nur mit angenehmer Stimme, sondern auch nicht mehr so übertrieben. Vielleicht musste man ihn näher kennenlernen. Das konnte sie Kion aber keineswegs anvertrauen.

»Hilft eh nichts. Er und seine Familie kommen ja übermorgen zum Abendessen.« Mit einem Mal fiel ihr etwas ein. »Ähm.« Kion sprach das aus, was sie beide dachten: »Hat irgendwer Mama gesagt, dass wir am Sonntagabend Besuch bekommen?«

Gigant findet einen Geheimgang

Pünktlich um fünf Uhr klingelte es und Lara öffnete die Tür. »Hallo! Willkommen.« Lächelnd tat sie einen Schritt zur Seite.

Fabia stand neben Kion abwartend in der Küchentür. Tamo trat in den Flur, hinter ihm ein jüngeres Mädchen mit langen Zöpfen.

Zuletzt betrat Frau Baumgarten die Wohnung. Sie war blass um die Nase und stützte sich beim Gehen auf einen Stock. Auf ihrem Gesicht lag ein herzliches Lächeln. »Guten Abend. Danke für die nette Einladung.«

Hinter Tamo flatterte ein Tier durch die Luft und er wandte sich an Lara. »Ich hoffe, es geht in Ordnung, dass ich mein Haustier mitgebracht habe.«

»Ist das eine Fledermaus?« Verblüfft trat Fabia einen Schritt näher. Kurz ergriff sie der Eindruck, als müsste Tamo kurz überlegen, ob er darauf etwas Gemeines antwortete.

Er entschied sich dagegen und nickte. »Eine Nano-Fledermaus. Sie heißt Gigant.«

»Wirklich?« Fabia konnte den trockenen Tonfall nicht aus ihrer Stimme verbannen. Sie betrachtete das kleine Tier, dessen Flügelspannbreite etwa so lang war wie ihr Unterarm.

»Natürlich ist das in Ordnung!« Lara führte sie ins Esszimmer.

Schmunzelnd stellte Fabia fest, dass ihr Vater bereits kaute.

Doch er sprang sogleich auf und gab jedem Gast die Hand. Begeistert führte er Frau Baumgarten zu einem Stuhl.

»Und du musst Freya sein.« Er lächelte das Mädchen an.

Die grinste. »Genau.«

»Wie alt bist du denn? Gehst du bereits zur Schule?«, fragte Rup weiter.

Verwundert runzelte Freya die Stirn, was ihre Fühler wippen ließ. »Ja, ich bin schon Neun und gehe in die Vierte.«

»Faszinierend.«

Fabia lächelte über ihren Vater und wandte sich an Freya. »Müsstest du dann nicht in der Fünften sein?«

»Ich habe eine Klasse überflogen«, sagte Freya achselzuckend.

»Ganz schön schlau.« Rup schien verblüfft. »Ich wäre mindestens zweimal beinahe wurzeln geblieben. Meine Lehrerin meinte immer, ich hätte ein Gedächtnis wie ein Sieb und einen Ordnungssinn wie ein randalierendes Eichhörnchen.«

Fabia stimmte in das Lachen der anderen ein, musste der Lehrerin allerdings recht geben. »Du bist wirklich nicht der Ordentlichste, Papa.«

Gespielt entrüstet verschränkte Rup die Arme vor der Brust. »Was? Und das von meiner eigenen Tochter. Das nennt man ein geordnetes Chaos. Ich weiß genau, wo alles Wichtige ist.«

»Die erste Seite deiner wissenschaftlichen Abhandlung über den mechanischen Webstuhl liegt übrigens auf der Toilette, Liebling.« Lara tätschelte ihrem Mann den Arm, während die anderen lachten.

»Ich möchte mich noch einmal für den Webstuhl bedanken, Herr Buchwald.« Frau Baumgarten lehnte sich in ihrem Sitz vor. »Er ist mir eine große Hilfe. Ich wüsste nicht, was ich ohne ihn machen würde.«

Prompt lief Rup rot an und sprang auf. »Wer möchte etwas essen?«, rief er und begann, die Gemüsesuppe mit Maikäfer-Einlage zu verteilen.

Das Abendbrot schmeckte köstlich und Fabia nahm sich eine zweite Portion. Dabei beobachtete sie unauffällig Tamo. Der erzählte ausnahmsweise keine seiner absurden Ammenmärchen, sondern gab sich höflich und zurückhaltend. Sie ertappte sich dabei, ihn allmählich zu mögen.

»Ach, nennen Sie mich doch einfach Karli«, sagte Frau Baumgarten nach dem dritten Glas Honigwein. Ihre Wangen hatten einen gesunden rosigen Glanz angenommen.

»Dann bin ich aber auch Lara und das hier ist der Rup.« Lara kicherte.

Fabia warf Kion einen bedeutungsschweren Blick zu.

Er nickte und sah seinen Vater an. »Wir stehen auf, wenn das in Ordnung ist?«

»Natürlich, geht doch was zusammen spielen.« Rup winkte und nahm einen Schluck Wein.

Gemeinsam gingen die Vier nach nebenan und Freya sagte keck: »Etwas spielen? Für wie alt hält er uns?«

»Dich offenbar noch für ein Baby.«

Dafür handelte sich Tamo einen Boxhieb ein.

Sie machten es sich im Wohnzimmer gemütlich. Kion und Tamo setzten sich auf das alte, abgewetzte Sofa. Fabia ließ sich in einen bequemen Sessel fallen, der schon bessere Tage gesehen hatte.

Freya setzte sich im Schneidersitz auf den Holzboden. »Das ist eine fabelhafte Wohnung.« Begeistert sah sie sich um. »Alles ist alt und urig. Das muss eine Behausung der ersten oder zweiten Generation sein.«

Fragend tauschte Fabia einen Blick mit den Jungen, doch die schüttelten den Kopf.

Tamo grinste. »Freya ist ein wandelndes Lexikon. Falls ihr über Geschichte oder Bio oder eigentlich alles etwas wissen wollt, müsst ihr nur den Mund aufmachen. Aber Achtung. Einmal angestoßen, bekommt man sie nicht wieder gebremst.«

Als Antwort streckte Freya ihm die Zunge heraus und betrachtete weiter das Zimmer. »Diese Holzvertäfelung über die gesamte Wand ist der Wahnsinn. Das muss total alt sein!«

»Habt ihr nicht noch einen Bruder?«

Es freute Fabia, dass sich Kion ins Gespräch einklinkte.

Wieder war es Freya, die munter vor sich her plapperte. »Ja, Thanos. Aber der muss dieses Wochenende arbeiten. Er ist Soldat, wisst ihr? Aber noch mitten in der Ausbildung. Und Papa hat Nachtschicht und musste vorhin zur Schmiede. Das ist ja ein ganzes Stück von der Stadt weg, deshalb muss er immer zeitig los.«

Tamo hob die Hände. »So. Sendepause. Kion möchte bestimmt noch mehr erzählen.« Er grinste zum überrumpelten Kion rüber, der kein Wort rausbrachte.

Fabia lauschte dem Geplänkel zwischen Tamo und seiner Schwester. Ihr Blick folgte derweil der Fledermaus Gigant. Die flatterte ruhelos umher, hängte sich für einige Augenblicke an die Decke, dann an eine der kleinen Erhebungen an der Wandvertäfelung. Wenige Sekunden später flog sie zur Tür und wieder zurück zur Wand. Dort angekommen, quiekte sie.

»Was ist los, Gigant?«, fragte Tamo und sprang auf. Er trat auf die Fledermaus zu und wippte mit den Fühlern, um sich mit ihr zu verständigen. Ein ratloser Ausdruck machte sich auf seinem Gesicht breit. »Komisch. Ich weiß nicht genau, was sie meint, aber … irgendwas an der Wand hier ist seltsam.«

Die anderen standen auf und gesellten sich ebenfalls zu Tamo und Gigant. Die hopste aufgeregt auf und ab.

»Was soll denn hier sein?« Verdutzt blickte Fabia zur Wand und strich mit der Hand über das alte Holz.

Freya war aufgeregt. »Ich habe gelesen, dass früher viele der Wohnungen miteinander verbunden waren, wie eine Art Labyrinth. Vielleicht verdeckt die Vertäfelung ja einen geheimen Zugang.«

»Quatschkopf.« Kopfschüttelnd, aber aufmerksam schaute Tamo sich um.

Auch Kion und Fabia tauschten einen Blick und begannen zeitgleich, die Täfelung abzuklopfen. Etwa in Bauchhöhe klang das antike Holz hohl. Aufgeregt hockte sich Fabia hin und untersuchte die Holzplatte an der Stelle genauer. Die Kachel hatte etwa die Größe von zwei mal zwei Armlängen und sah genauso aus wie alle anderen im Zimmer.

Kion überprüfte es sogleich. »Die anderen klingen nicht hohl.«

»Schaut mal, ob es irgendwo eine Klinke oder Ähnliches gibt.« Vor sich hin murmelnd hockte sich Tamo neben Fabia.

Sie tastete die Platte ab und erfühlte einen kleinen Hebel. Aufgeregt drückte sie ihn herunter.

Ein leises ›Klick‹ war zu vernehmen. Die Kachel sprang ein Stück vor und vor Schreck fiel Fabia nach hinten auf den Po. Sie rappelte sich auf und blickte gespannt auf die Wand.

Tamo zog vorsichtig an der Platte und dahinter kam eine abwärts führende Treppe zum Vorschein. »Astrein.«

»Da ist wirklich ein Geheimgang in unserem Wohnzimmer.« Kion hatte erstaunt die Augen aufgerissen. »Wo führt er wohl hin?«

Sie sahen sich für einen kurzen Augenblick an. Dann sagten alle vier wie aus einem Munde: »Ich geh zuerst.«

Bevor ein Streit ausbrechen konnte, hörten sie Schritte. Sachte lehnten Tamo und Fabia die geheime Öffnung an und stellten sich davor.

Keine Sekunde später lugte Rup ins Zimmer. »Karli möchte gleich gehen, Kinder. Also haltet euch schon einmal bereit.«

Artig nickten die vier und warteten, bis Rup fortgegangen war. Sie wandten sich einander zu und Tamo flüsterte: »Alles klar. Wir spielen Schere, Stein, Papier.«

Nach einer Minute war er der klare Sieger. Freya hielt an der Wohnzimmertür Wache und Kion reichte Tamo ein Stück Leuchtmoos vom Beistelltisch.

Tamo bückte sich und betrat den Gang, gefolgt von Gigant. Er überwand leise und schnell die Treppenstufen. Nervös warf Fabia zum wiederholten Mal einen Blick auf ihre Uhr. Die Minuten verstrichen, was machte er bloß?

Endlich hörten sie ihn zurückkehren. Sein Schemen tauchte auf und kurz darauf stand er vor ihnen. Er grinste übers gesamte Gesicht. Gigant flatterte geschwind durchs Zimmer.

»Die Treppe macht weiter unten einen Knick«, sagte er leise. »Am Ende der Stufen führen drei Wege in unterschiedliche Richtungen. Ich bin einem kurz gefolgt, aber lieber wieder umgekehrt. Das müssen wir unbedingt erforschen!«

»Und ich möchte mit«, sagte Freya.

»Vergiss es.« Tamo blickte finster drein.

»Wenn ich nicht mitdarf, verpetze ich euch!« Auf Freyas Gesicht erschien ein siegessicheres Grinsen.

Da sie erneut Schritte hörten, gab sich Tamo geschlagen. Rasch verschloss er die Geheimtür und sie traten einen Schritt von der Wand weg.

Karli betrat das Wohnzimmer, auf ihren Gehstock gestützt. »Kommt, ihr beiden. Wir müssen noch ein ganzes Stück gehen.«

Fabia beobachtete lächelnd, wie Tamo seiner Mutter seinen Arm zur Unterstützung anbot.

***

Fabia und Kion betraten nebeneinander den Marktplatz. Er bestand aus drei Plattformen auf der mittleren Eiche der Stadt. Verbunden waren sie durch ausladende Treppen, damit die Arbolde ihre Einkäufe mühelos transportieren konnten.

»Was sollen wir alles kaufen?«, fragte Fabia.

»Also … wir brauchen Wurzeln und Kräuter. Außerdem Pfeilwurzmehl und Papa wollte etwas zum Knabbern haben.« Kions Augen huschten über die Einkaufsliste. »Und wir sollen fürs Abendessen was Leckeres besorgen.«

Am Wurzelstand stellten sie eine Mischung aus Wegwartenwurzeln, Knoblauchrauke und Topinambur zusammen. Fabia war kurz davor, eine seltene Löwenzahnwurzel zu nehmen.

»Löwenzahn ist eine hervorragende Wahl!« Trällernd zählte ihnen die Verkäuferin auf, was man mit der Wurzel alles zubereiten könnte. »Ihr könnt ihn stückchenweise in den Salat schneiden oder einen kräftigen Tee daraus brauen. Die Wurzel ergibt einen hervorragenden Kaffee!«

Ein Blick auf den Preis und Fabia ließ die Wurzel fallen, als hätte sie sich die Finger verbrannt. »Ach, wissen Sie, wir haben zu Hause noch was.« Flugs bezahlte sie und entfernte sich rasch vom Stand. Manchmal hasste sie es, dass ihre Eltern so wenig verdienten, und dann hasste sie sich für ihre gemeinen Gedanken.

»Warum guckst du so finster?« Tamo stand überraschend neben ihr und grinste.

Fabia fauchte wütend: »Warum erschreckst du mich, Spatzenhirn?«

Das konnte Tamos Laune nicht verderben. »Wann erkunden wir den Geheimgang?«

Kion stellte sich lächelnd neben die beiden. »Wie wäre es mit morgen? Da ist Mama arbeiten.«

»Astrein!« Vor Begeisterung klatschte Tamo in die Hände. »Dann ziehen die Arboritos in ein Abenteuer.«

»Die Arboritos?« Entgeistert starrte Fabia ihn an. Ernsthaft?

Tamo lachte. »Ja. Ist von Arbold abgeleitet.«

»Ach, wirklich?« Um ihre gespielte Ungläubigkeit hervorzuheben, zog Fabia die Worte in die Länge.

Tamo wollte ihren Sarkasmus nicht verstehen oder er ignorierte ihn gekonnt. »Allerdings müssen wir Freya mitnehmen. Das kleine Biest wird uns sonst verraten. Was sollen wir mitbringen?«

Sie einigten sich darauf, dass Tamo und Freya ein langes Seil mitbrachten. Fabia und Kion würden für die Beleuchtung sorgen.

Auf dem Weg nach Hause versank Kion in Gedanken. »Sollen wir das wirklich machen?«

Irritiert blickte Fabia zu ihm. »Wie meinst du das?«

»Vielleicht ist es gefährlich. Wir könnten uns verlaufen oder auf Käfer oder Ameisen stoßen. Oder Schlimmeres. Denk mal an den Waldkauz.«

»Ach, das ist doch nur eine Legende. Als ob es bei uns im Baum tatsächlich eine Höhle gibt, in der ein jahrhundertealter Kauz lebt.« Fabia verdrehte die Augen. »Ich glaube nicht, dass es gefährlich wird. Außerdem sind wir ja vorsichtig und können jederzeit zurückgehen.«

Sie bemerkte, wie er weiterhin mit sich rang und befürchtete, er würde einen Rückzieher machen. »Komm schon, Kion. Sei doch nicht so ein Angsthase. Ich möchte unbedingt da runter. Und was würde Tamo sagen, wenn du kneifst?«

Das letzte Argument überzeugte Kion. »Na gut. Aber sobald es Probleme gibt, kehren wir um.«

»Versprochen.« Erleichtert grinste Fabia.

Zu Hause angekommen, bereiteten die beiden das gekaufte Essen zu. Für jeden gab es ein saftiges

Stück Pyramideneulenraupe. Als Beilage zauberte Fabia einen Salat aus Rauke und Moos.

»Uh, Raupensteak.« Rup betrat die Küche und hüpfte um Fabia und Kion herum. Ab und an trat er ihnen dabei auf die Füße.

»Papa!«, rief Kion milde entrüstet. »Hier. Nimm den Salat und bring ihn nach nebenan.«

Jammernd befolgte Rup den Befehl seines Sohnes. »Man könnte meinen, ich geh euch auf die Nerven.«

Das Essen schmeckte prima. Nachdem Fabia und Kion von ihrem eher langweiligen Tag erzählt hatten, wandte sich Lara an Rup. »Wie war dein Tag, mein Schatz?«

Er lehnte sich satt und zufrieden zurück und zuckte mit den Achseln. »Ach, wie immer. Johann ist ein Experiment um die Fühler geflogen und er hat sich dabei beinahe die Augenbrauen weggeätzt. Ich habe endlich meine Aufzeichnungen für den Rup-Speicher fertig und eine Firma möchte mir die Baupläne abkaufen. Isst du dein Steak noch auf oder kann ich es haben?«

Gierig fixierte er das kleine Stück Raupe, das Lara auf ihrem Teller zurückgelassen hatte. Seine Frau jedoch starrte ihn an. »Abkaufen?«

»Hm?« Rup hob seinen Blick. »Oh. Ja, genau. Heute war so ein schnöder Vertreter der Firma Weidmann da. Er hat mir tausend Boldstücke angeboten. Ich hab abgelehnt.«

»Tausend? Aber Rup, das ist doch ein gutes Angebot!« Laras blickte ihn fassungslos und ungläubig an.

Rup schnaubte. »Nichts da. Das ist meine Erfindung und ich werde sie vermarkten. Ich frage mich nur, woher sie überhaupt vom Rup-Speicher wussten. Wer weiß denn, was ich mache?« Er zuckte mit den Schultern. »Vielleicht hab ich es das ein oder andere Mal erwähnt. Auf dem Markt. Oder im Aufzug. Ich erinnere mich nicht mehr.«

Daraufhin konnten Fabia, Kion und Lara nur gemeinsam ihre Köpfe schütteln. Typisch Rup.

»Was ist denn mit der Uhr, die Fabia geschenkt bekommen hat?« Kion runzelte die Stirn. »Hättet ihr mit dieser Entwicklung nicht bereits Erfolg haben müssen?«

Es verging einige Zeit, bis Rup zögernd und ausnahmsweise ernst zu einer Antwort ansetzte. »Wisst ihr, der Unfall damals hat große Wellen geschlagen und es gibt viele Arbolde, die in mir einen Taugenichts sehen. Zu der Zeit, als Johann die Uhr fertiggestellt hatte, gab es wieder Diskussionen und die Vermarktung ging irgendwie unter.«

»Was für Diskussionen?« Fabia beugte sich neugierig vor.

Ihr Vater seufzte. »Einer der Besucher, die damals bei dem Unfall vor Ort war, tauchte auf. Mit dem war nicht gut Kirschen essen. Er wollte im Nachhinein noch Schadensersatz einklagen. Hat natürlich nicht geklappt.«

»Wie kam er denn darauf?« Verdutzt tauschte Fabia einen Blick mit Kion.

Dieses Mal mischte sich Lara ein. Ihr Gesichtsausdruck war finster. »Andrina.«

Als alle irritiert oder an Rups Stelle miesepetrig dreinschauten, ließ sie sich zu einer längeren Erklärung herab. »Andrina, die ehemalige Mitarbeiterin von Papa. Sie hat diese Leute auf ihn gehetzt.«

»War das nicht die Frau, die heimlich Tierversuche durchgeführt hat? Die du deshalb rausgeworfen hast?« Allein der Gedanke daran machte Fabia wütend.

»Ja«, sagte Rup angespannt. »Sie schafft es andauernd, sich in meine Angelegenheiten zu mischen. Aber dieses Mal wird es ihr nicht gelingen. Die

Erfindung des Rup-Speichers wird auch den letzten Arbold überzeugen.«
Er sagte es mit so begeisterter Stimme, dass Fabia es glaubte.

Abenteuer im Labyrinth

»Ich habe ein Seil eingepackt und Honigwasser zum Trinken.« Fabia schulterte ihren Rucksack.

Tamo und Kion betraten das Wohnzimmer, jeder hielt einen sanft leuchteten Helmling in der Hand.

»Wir haben den Vorratsraum geplündert.« Das Grinsen war bisher nicht eine Sekunde von Tamos Gesicht verschwunden.

Kopfschüttelnd ignorierte Fabia ihn, wusste sie doch genau, dass sie genügend Leuchtpilze angepflanzt hatten. Zwei weniger würden ihren Eltern hoffentlich nicht auffallen.

Freya lümmelte auf dem Sofa herum und wartete hibbelig darauf, dass es endlich losging. Auf ihrem Kopf hatte es sich Gigant gemütlich gemacht. »Ich habe Kreide mitgebracht. Damit können wir unseren Weg markieren.«

»Eine schlaue Idee«, sagte Kion.

Prompt lief Freya rot an und warf jedem ein Stück zu.

»Dann los?« Fabia spürte die Aufregung bis in den letzten Zipfel ihres Körpers. Sie betastete behutsam die Holzplatte und drückte den Hebel hinab. Die Geheimtür schwang knarrend auf.

»Ähm.« Mit einem Mal wirkte Freya nervös. »Bekommen wir die Tür von innen auch wieder auf?«

Fabia schenkte ihr ein beruhigendes Lächeln. »Keine Sorge. Kion hat das schon ausprobiert. Schau. Von innen ist ebenfalls ein kleiner Hebel.«

Mit einem letzten Blick auf die Uhr betrat sie die Treppe und stieg vorsichtig hinab. Kions Helmling spendete genügend Licht. Fabia hörte hinter sich das Rascheln von Kleidung und schnelle Atemzüge, sonst war es still. Sie erreichte unbehelligt die Abzweigung, von der Tamo gesprochen hatte. Drei Gänge führten in die Dunkelheit. Fabia fühlte sich beklommen, ließ sich jedoch nichts anmerken, als Tamo neben sie trat.

»Astrein.« Er hob seinen Leuchtpilz empor. »Welchen Weg nehmen wir?«

Bevor sich einer äußern konnte, flatterte Gigant in den erstbesten Tunnel hinein.

»Also nach links.« Kion markierte die Wand neben sich mit einem Kreidepfeil.

Tamo setzte sich an die Spitze der Gruppe. Hinter ihm ging Fabia und das Schlusslicht bildeten Kion und Freya, die sich bei dem Älteren untergehakt hatte.

Der Gang war schief und krumm, verlief an manchen Stellen breiter und an anderen so schmal, dass sie sich nur seitlich hindurch-schieben konnten. An der nächsten Kreuzung saß Gigant an der Decke und fiepte.

»Wohin jetzt?«, fragte Fabia.

»Wir könnten immer den linken Durchgang nehmen, dann arbeiten wir uns mit System vor«, schlug Freya vor.

»Gar nicht mal so dumm.« Wie klug die Neunjährige war! Fabia staunte und die anderen nickten zustimmend.

Der erste Weg verengte sich und sie kamen nicht weiter. Zurück bei der Abzweigung zeichnete Kion ein großes X auf den Boden in den Gang. »So wissen wir, dass es sich hier nicht lohnt, weiterzugehen.«

Sie betraten den nächsten Korridor, der stetig bergab ging. Nach wenigen Schritten blieb Tamo stehen.

»Was ist los?«, fragte Freya aufgeregt.

Tamo machte ihnen Platz und Fabia erkannte an der Wand eine verbogene, uralt wirkende Tür. Gänsehaut bildete sich auf ihren Armen. Gigant flatterte über sie hinweg.

»Gehen wir rein?« Fabia ärgerte sich, dass ihre Stimme zitterte.

»Auf jeden Fall!« Begeistert legte Tamo die Hand auf die Klinke. Er drückte sie hinab und zu ihrer aller Überraschung ließ sich die Tür ohne Probleme öffnen. Sie kreischte allerdings so laut in den Angeln, dass Fabia befürchtete, man könnte es bis oben in der Wohnung hören.

Sie trat hinter Tamo in einen kleinen Raum, von dem aus mehrere Zimmer abzweigten.

»Das ist eine Behausung von früher.« Freyas Stimme klang hell und zitternd vor Aufregung. »Alles ist so alt!«

Fabia durchschritt eine offene Tür. Das musste das Wohnzimmer gewesen sein. Ein Tisch war aus dem Baum herausgeschnitzt worden, ebenso vier Hocker. Die Reste eines Sofas waren mittig im Raum verteilt, als wäre jemand darauf herumgesprungen. Alles war verstaubt und an der Decke klebten Spinnweben.

Fabia erschauderte. Hinter sich spürte sie einen Lufthauch. Sie fuhr herum und stolperte rückwärts.

»Jetzt sei doch nicht so schreckhaft«, sagte Tamo feixend.

Fabia blickte finster. »Ha ha, wirklich sehr witzig!«

Sie durchsuchten Raum für Raum, fanden jedoch nichts Spannendes und Fabias Anspannung wich. Entweder hatten die ehemaligen Bewohner alles mitgenommen, oder jemand anderes hatte die Wohnungen geplündert.

»Lasst uns weitergehen«, sagte sie mit einem Blick auf die Uhr. Die anderen stimmten zu und sie verließen die Wohnung. Sie fanden andere Wohnstätten, die ähnlich aufgebaut wie die erste waren. Der Gang endete vor einer weiteren Tür. Sie war anders.

Tamo strich mit der Hand über das Holz. »Die sieht aus, als wäre sie in den letzten Jahren ersetzt worden.« Vorsichtig drückte er die Klinke herab, quietschend ließ sich die Tür öffnen.

Vor ihnen lag ein großes Zimmer, und zu ihrer aller Erstaunen war es in grünliches Licht getaucht. Auf der gegenüberliegenden Seite war ein bodentiefes Fenster, das offensichtlich ans Tageslicht führte.

»Astrein.« Tamo eilte zu der Öffnung. »Wir sind ganz schön weit unten.«

Die anderen traten neben ihn und Fabia folgte seinem Blick. So nah war sie dem Erdboden noch nie gekommen. Das grüne Licht kam von einem Efeublatt, das teilweise vor dem Fenster lag und das Sonnenlicht filterte. Doch so außergewöhnlich die

Steine und Pflanzen unter ihr sein mochten, etwas anderes erregte ihre Aufmerksamkeit. In ihrer Kopfhöhe war ein Seil im Stamm verankert und führte im steilen Winkel hinab, bis es in einen Brennnesselwald eintauchte.

Kion umfasste es kurz. »Ein Hanfseil! Meint ihr, daran kann man nach unten rutschen?«

»Bist du verrückt?«, fragte Freya, die sich zwischen sie drängte. Sobald sie einen Blick hinab geworfen hatte, sprang sie einen Schritt zurück. »Ich mag keine Höhen«, murmelte sie. Misstrauisch blickte sie ihren Bruder an. »Denk gar nicht erst dran!«

Fabia sah ebenfalls Tamo an und erkannte sofort, worauf Freya anspielte. Neben der Öffnung lagen mehrere faustgroße Rollen mit Seilen dran. Sie wirkten so, als würden sie sich perfekt in das Seil einklinken lassen.

Tamo strahlte. Er nahm eine der Seilrollen in die Hand. »Astrein, sogar mit Sitzvorrichtung«, sagte er und deutete auf das Geschirr, das in einer Schlaufe endete. Es sah so aus, als würde er jeden Augenblick das Seil packen und sich in den Abgrund stürzen.

»Das wäre das Bescheuertste, was du anstellen könntest.« Fabia stimmte Freya zu. »Selbst dir muss klar sein, dass dich das um Kopf und Kragen bringen könnte.«

Beleidigt verschränkte Tamo die Hände hinterm Kopf. »Dann halt nicht.« Er wandte sich um. »Wisst ihr was? Hier können wir unser Lager aufschlagen.«

»Welches Lager?« Kion schien eher amüsiert als schockiert zu sein.

»Na, unser geheimes Lager. Unser Treffpunkt. So was braucht man als Abenteurertruppe.« Tamo grinste wieder, die pikierte Miene war längst verschwunden. »Das geheime Zimmer der Arboritos.«

»Was sind die Arboritos?«, fragte Freya verwundert.

»Nichts.« Fabia verdrehte genervt die Augen.

Gleichzeitig sagte Tamo: »Das sind wir drei. Fabia, Kion und ich. Du gehörst da nicht zu. Kleine Schwestern sind ausgeschlossen.«

Als Antwort streckte Freya ihm die Zunge heraus.

Fabia fand den Gedanken weiterhin lächerlich, mit Tamo gemeinsam eine Abenteurergruppe zu gründen. Kopfschüttelnd wandte sie ihm den Rücken zu. Der Raum war ähnlich groß wie ihr Zimmer daheim. In einer Ecke stand ein leeres Regal und mittig ein Tisch mit zwei Stühlen. Einer der Stühle besaß nur noch ein Bein und lag wie ein verletztes Tier am Boden. Fabia trat in den hinteren Teil des Raumes und staunte. Der Boden, die Wand und große Teile der Decke waren mit Moos überwuchert. Auch Flechten hatten sich ausgebreitet. Ob hier mal ein Bett gestanden hatte, das im Laufe der Jahre weitergewachsen war? Die rechteckige Form am Boden ließ daraus schließen.

Je länger sie darüber nachdachte, desto spannender fand sie die Idee, hier ein geheimes Zimmer einzurichten. Aber das würde sie Tamo garantiert nicht unter die Nase reiben.

»Wollt ihr hier Wurzeln schlagen?«, fragte Kion.

Verneinend drehte sich Fabia zu ihrem Bruder um und sah, dass Tamo weiterhin sehnsüchtig auf das Seil starrte. Keine zehn Eichhörnchen würden sie dazu bringen, an diesem Teil hinunterzurutschen!

Als alle wieder im Gang standen, zog Tamo sorgfältig die Tür hinter sich zu. Sie ließen die verfallenen Wohnungen hinter sich. An der letzten Abzweigung angekommen, wandten sie sich in den Gang, der noch keine Kreidemarkierung aufwies. Nach einigen Schritten gelangten sie zu einer Kreuzung.

»Da geht es runter«, flüsterte Kion. Eine Treppe führte gewunden in die Tiefe.

Vorsichtig betrat Tamo als erster die Stufen, Gigant flatterte hintendrein. Hinter ihnen folgte Fabia, das

Herz wieder rasend. Sie erreichten den unteren Treppenabsatz und damit eine weitere Gabelung. Abrupt blieb Tamo stehen und Fabia lief ihm um Haaresbreite in die Hacken. Sie musste nicht fragen, warum er stehen geblieben war. Auch sie hörte die leisen, trippelnden Geräusche, das Rascheln und das Klicken direkt aus dem Gang vor ihnen. Ihr Magen machte einen Satz und der Schweiß lief ihr über die Stirn. Die unheilverkündenden Töne wurden lauter, es musste eine ganze Horde sein, die da über den Boden marschierte. Direkt auf sie zu. Bevor einer der Kinder reagieren konnte, machte Fabia vor sich eine Bewegung aus. Im Schein der Helmlinge erschienen zuerst zwei tastende Fühler, dann glomm ein Augenpaar auf.

»Ohrenkneifer!« Tamo konnte die Angst aus seiner Stimme nicht gänzlich vertreiben.

Der braune Panzer des Insekts schob sich in ihr Blickfeld. Hinter ihm konnte Fabia weitere Schemen erkennen.

Kion fasste sich zuerst. »Weg hier!«

Endlich schaffte Fabia es, sich aus ihrer Starre zu lösen. Sie rannte dicht hinter Tamo her, der den rechten Gang für die Flucht gewählt hatte. Sein Helmling wackelte bedrohlich umher und warf

Schatten an die Wände. Hinter ihnen klackerte es unüberhörbar. Schnell weg von den Insekten mit ihren Greifern! Sie rannten an Haustüren vorbei, eine Treppe hinab, an der nächsten Kreuzung links.

Fiese Seitenstiche zwangen Fabia zum Anhalten. Auch Tamo blieb stehen und sah sich hektisch um. Ohne das Trampeln ihrer Füße und Hecheln ihres Atems, die in den langen Tunneln lauter klangen, als sie in Wirklichkeit waren, war es unheimlich still. Das kaum vernehmbare Flattern von Gigant erklang aus dem Dunklen vor ihnen.

»Ich glaube, wir haben sie abgehängt.« Atemlos schaute Tamo über Fabias Schulter hinweg. Alle Farbe wich aus seinem Gesicht. »Wo sind Freya und Kion?«

»Was?« Fabia drehte sich erschrocken um. Von den beiden war keine Spur zu sehen. »Heilige Blattlaus!«

»Sie sind bestimmt in eine andere Richtung gelaufen«, sagte Tamo.

Fabia war nicht sicher, wen er damit beruhigen wollte. Nun, da das Pochen ihres Herzens ruhiger geworden war, konnte sie nachdenken. »Wir haben den Weg verloren.«

Tamo nickte beinahe entspannt. »Dann müssen wir ihn wiederfinden.«

Typisch, dass er jetzt den Lässigen herauskehren musste. Fabia sagte nichts, sie wollte sich im Unbekannten nicht mit ihm anlegen. Sie gingen den Gang zurück und nach wenigen Schritten erreichten sie eine Gabelung. Fabia hob den Helmling empor, den sie übernommen hatte.

»Ähm.« Tamo stockte. »Wo sind wir hergekommen?«

Fabia öffnete den Mund, schloss ihn kurz darauf wieder. Sie wusste es nicht mehr. Alles war so schnell gegangen!

»Dann links.« Tamo markierte den Weg mit einem Pfeil in einem Kreis. »Damit wir wissen, dass das nicht der Rückweg ist«, sagte er mehr zu sich als an Fabia gerichtet.

Sie folgten schweigend dem Tunnel, Gigant flatterte ein Stückchen voraus. Aus einem inneren Impuls heraus fragte Fabia: »Warum erzählst du eigentlich immer diese verrückten Abenteuergeschichten? Dir ist schon klar, dass sie dir keiner in der Klasse abkauft?«

Tamo blieb stehen und warf ihr einen langen Blick zu. Kurz befürchtete Fabia, dass er nicht aus seiner Haut herauskonnte und zu einer ausweichenden Antwort ansetzen würde.

Stattdessen verschränkte er die Arme und richtete seinen Blick an die Decke. »Was soll ich denn sonst erzählen? Dass mein Vater nie zu Hause ist, weil er immer arbeiten muss? Dass meine Mutter letztes Jahr beinahe gestorben wäre und wir monatelang Angst um sie hatten? Dass meine Schwester jetzt schon intelligenter ist als ich? Oder vielleicht, dass wir es uns nicht leisten können, auch nur einmal im Jahr in den Urlaub zu fahren?« Seine Stimme klang verbittert und traurig.

Mit einer so ehrlichen Antwort hatte sie nicht gerechnet. Ohne darüber nachzudenken, sagte Fabia: »Also ich bin ganz schön neidisch auf dich.«

»Was?« Auf seinem Gesicht trat ein erstaunter und ungläubiger Ausdruck.

Fabia nickte energisch. »Ja. Du bist neu in der Klasse und trotzdem warst du von Anfang an total beliebt. Seit dem Unfall im Labor unseres Vaters vor ein paar Jahren meiden uns alle. Papa hat einen richtig miesen Ruf deswegen und wir müssen es ausbaden. Also versteh mich nicht falsch, Papa kann da nichts für und wir machen ihn auch nicht dafür verantwortlich. Es ist einfach nur doof.«

Wieder folgte eine Stille. Ausschließlich Gigants Flügelschläge konnte man hören.

»Wir sollten weitergehen.« Tamo schien die Situation auf einmal unangenehm zu sein.

Auch Fabia merkte, wie ihr Gesicht heiß wurde. Sie setzte sich ohne Worte an die Spitze. Langsam arbeiteten sie sich vorwärts. Immer wieder mussten sie umkehren, weil ein Gang zu schmal wurde oder sie eindeutig erkannten, dass es nicht der richtige sein konnte. Bald war Fabia außer Atem, denn der Weg führte bergauf.

»Hoffentlich geht es den anderen gut.« Sorgenvoll kaute sie auf ihrer Unterlippe herum.

»Bestimmt. Freya ist ein ganz schöner Dickkopf und sie himmelt Kion an. Also alles kein Problem.«

Und genau so war es. Nach drei weiteren Biegungen begann Gigant zu quieken und vor ihnen wurde der Tunnel heller. Aus der Dunkelheit schälten sich die Umrisse zweier Arbolde und kurz darauf konnte Fabia ihren lächelnden Bruder erkennen, in seiner Hand ein arg ramponierter Helmling.

Freya hatte sich bei Kion untergehakt und hielt sich dicht an ihm. Sie lachte befreit auf. »Da seid ihr ja! Wir haben den markierten Weg wiedergefunden! Die Ohrenkneifer haben sich verkrümelt.«

Fabia lächelte und tauschte einen Blick mit Kion. Der schaute genauso erleichtert drein, wie sie sich fühlte. »Sollen wir dann zurückgehen?«

Gigant nahm ihnen die Entscheidung ab. Mit einem erneuten Quietschen flatterte sie nervös vor Tamos Gesicht auf und ab. »Was ist denn los?« Seine Fühler zuckten, als er Kontakt aufnahm. »Irgendetwas möchte sie uns zeigen. Dann flieg mal voraus, aber nicht zu schnell!«

Sie huschte davon und die Kinder eilten im Laufschritt hinterher. Tamo markierte den Weg, ohne anzuhalten. Nach drei Abzweigungen war Gigant verschwunden, jedoch war sofort klar, wohin. Vor ihnen erstrahlte helles Licht.

Fabia trat hinter ihrem Bruder aus dem Baum hinaus. Sie standen auf einem kleinen Plateau oberhalb des Erdbodens. Die Wurzeln der Buche lagen zum Teil über der Erde, sodass der Abstieg an dieser Stelle flach war. Man würde ohne Probleme auf den Erdboden hinabklettern können. Wie aufregend!

Von ihrer erhöhten Position konnte sie weit blicken. Sie sah unterschiedliche Pflanzen, Stöcke und Steine, Pilze und vieles mehr.

»Astrein, seht ihr die vielen Gewächse?« Freya trat an den Rand des Plateaus und zeigte nacheinander in verschiedene Richtungen. »Brennnesseln, Sauerklee, Schattenblumen. Und dort, ist das …? Ja, das muss eine Moosblume sein.« Sie strahlte und hopste dabei von einem Fuß auf den anderen. »Lasst uns runterklettern und die Gegend erkunden!«

Bevor sie einen Schritt vorwärts setzen konnte, hielt Tamo sie am Kragen zurück. »Stehenbleiben, Wirbelwind. Du gehst da bestimmt nicht allein runter.«

»Dann gehen wir zusammen, ist doch klar.« Freya zappelte und befreite sich aus Tamos Griff.

»Aber nicht mehr heute.«

Bei Kions Worten hörte Freya auf zu strampeln und sah ihn fragend an.

»Es ist schon spät. Wir waren lange in den Tunneln und unsere Mutter kommt bald nach Hause. Es wäre nicht gut, wenn sie die Geheimtür fände.«

Das Argument war nicht zu entkräften, auch wenn Fabia ebenfalls wehmütig hinab schaute. Sie wollte ihr Leben lang schon über den Waldboden wandern. Aufgeschoben war nicht aufgehoben.

Freya nickte schmollend und warf einen letzten Blick in die Ferne. »Na gut.«

Den Weg zurück fanden sie ohne Schwierigkeiten, die Ohrenkneifer begegneten ihnen nicht mehr. Kion ging voraus ins Wohnzimmer und prüfte, ob die Luft rein war. Er gab ihnen ein Zeichen und Fabia kletterte hinter ihm aus dem Gang. Sie stopften den Helmling zu den anderen Sachen in den Rucksack und versteckten ihn unter Kions Bett. Ihre Gesichter waren schmutzig und sie wuschen sich. Sie waren just in dem Moment fertig, als ein Schlüssel im Schloss umgedreht wurde und Lara nach Hause kam.

»Oh, hallo zusammen. Ich wusste gar nicht, dass wir heute Besuch haben«, sagte sie lächelnd.

Tamo grinste und zog an Freyas Arm. »Hallo, Frau Buchwald. Keine Sorge, wir wollten gerade gehen. Haben Sie einen schönen Abend!« Und er verließ mit Gigant und Freya die Wohnung.

»So hatte ich das jetzt nicht gemeint. Sie hätten ruhig noch bleiben können.« Lara hängte ihre Jacke an die Garderobe.

Fabia lächelte. »Sie wollten sowieso aufbrechen.«

»Dann ist ja gut. Und, wie war euer Tag? Was habt ihr Schönes gemacht?«

Ohne Kion einen verräterischen Blick zuzuwerfen, zuckte Fabia mit den Achseln. »Ach, nichts Besonderes. Eigentlich haben wir die meiste Zeit über miteinander geplaudert. Wie war es auf der Arbeit?«

Sie wusste, dass ihre Mutter heute für eine Kollegin eingesprungen war – wieder einmal. Lara nahm solche Gelegenheiten wahr, so oft sie konnte. Das brachte zusätzliche Boldstücke ein. Doch das bedeutete, dass sie manchmal Doppelschichten schob. Auch heute konnte man die Augenringe sehen, Laras Fühler hingen schlapp herab.

»Alles in Ordnung«, sagte Lara und lächelte müde. »Ich koche uns was.«

Am Abend lagen die Zwillinge todmüde im Bett. Um ihre Eltern nicht zu stören, erzählte Fabia mit gedämpfter Stimme, was Tamo ihr verraten hatte.

Kion wirkte nachdenklich. »Freya hat mir erzählt, dass sie sehr glücklich mit ihren Brüdern ist. Sie müssen sich sehr nahe stehen und würden alles füreinander machen.«

»Was für eine tolle Familie.« Fabia fielen die Augen zu und sie gähnte ununterbrochen.

»Sie erinnern mich an uns«, hörte sie Kion sagen.

Sie gab ihm insgeheim recht, war jedoch zu müde zum Antworten. Ihre letzter Gedanke galt Tamo. Nach dem heutigen Gespräch mit ihm konnte sie ihn ein Stück mehr leiden als vorher. Vielleicht würden sie sich ja doch anfreunden. Noch während sie daran dachte, übermannte sie der Schlaf.

Einbruch!

Fabia wachte erst spät auf. Der vorige Tag hatte sie angestrengt. Erst die Aufregung über die vielen neuen Eindrücke in den alten Wohnungen, der geheime Raum mit dem Hanfseil, die Flucht vor den Ohrwürmern und das tiefgründige Gespräch mit Tamo. Nicht zu vergessen ihre Begeisterung über den Waldboden. Tief in ihr wuchs der dringende Wunsch, bald wieder hinunterzusteigen.

»Morgen.« Kion gähnte und streckte sich ausgiebig.

Sie standen auf und schlurften in die Küche. Lara war längst wieder auf der Arbeit im Blattwerk, hatte ihnen aber Nussmus und frische Kräuter hingestellt. Kion schenkte ihnen je ein Glas Honigwasser ein.

»Das war echt spannend gestern«, sagte Fabia zwischen zwei Bissen.

»Ja«, sagte Kion gedehnt.

Fabia legte den Kopf schräg. »Was ist denn? Hat es dir nicht gefallen?«

Es dauerte eine Weile, bis Kion zögernd antwortete. »Doch. Aber findest du es in Ordnung, wenn wir

Mama und Papa so etwas vorenthalten? Und den Erdboden zu betreten ist immerhin verboten.«

Sie schwieg. Auch wenn Fabia von Abenteuern träumte, war sie nie in eine solche Situation geraten. Die Geschwister hatten sich meistens brav an die Regeln gehalten und ihre Eltern nur angelogen, wenn es sich nicht hatte vermeiden lassen. Das hatte sich mit einem Schlag geändert, seit sie den Geheimgang entdeckt hatten.

»Ich weiß, was du meinst. Aber es ist ja nicht verboten, in dem Labyrinth herumzulaufen. Und ich habe so lange auf ein spannendes Erlebnis gehofft! Lass uns bitte noch einmal runtergehen, ja?«

Kion nickte ergeben.

In dem Moment wurde die Eingangstür aufgeschlossen. Sie hörten das typische Klirren von Papas Schlüssel, der auf die Kommode geworfen wurde.

Sie gingen in den Flur. »Papa? Was machst du denn schon hier?«, fragte Fabia verwirrt.

Rup hängte seine Jacke an die Garderobe und wandte sich mit sorgenvoller Miene um.

»Was ist passiert?« Kions Stimme klang alarmiert.

»Jemand ist ins Labor eingebrochen«, antwortete Rup mit entkräfteter Stimme. Er ging an den beiden vorbei ins Wohnzimmer.

Das durfte nicht wahr sein! Mit schnell klopfendem Herzen folgte Fabia ihrem Vater, der sich ächzend auf dem Sofa niederließ. Umsichtig tappte sie auf ihn zu und setzte sich neben ihn in den Sessel.

»Ist denn etwas gestohlen worden?« Kion stellte sich neben sie.

Ihr Vater rieb sich müde übers Gesicht und kratzte sich am Fühler. »Nicht, dass ich wüsste. Aber alle Papiere und einige der Gerätschaften sind wie nach einem Wirbelsturm zerstreut, zum Teil zerrissen oder verdreckt. Es wird Tage dauern, bis wir sie wieder sortiert haben.«

Für eine Weile herrschte eine bedrückende Stille, bis sich Kion meldete. »Was ist mit deinen Plänen für den Rup-Speicher? Sind die in Ordnung?«

Siedend heiß fiel Fabia ein, dass die Vermarktung des Speichers am seidenen Faden hängen könnte. Was, wenn die Pläne zerfetzt oder unleserlich waren? Mit einem dumpfen Gefühl im Magen schaute sie ihren Vater an.

Der nickte auf Kions Frage. »Ich hatte die Pläne gestern erst mit nach Hause genommen. Sie liegen dort drüben.«

Erleichtert blickte Fabia auf einen Stapel alter Zeitungen auf dem Tisch und zögerte. »Du meinst, zwischen den Zeitungen?«

»Hm?« Rup sah auf. »Ja, genau.«

Kopfschüttelnd drückte sich Fabia vom Sessel hoch und durchsuchte den Haufen Papier. Ganz unten drunter lagen mehrere Seiten von Hand geschriebener Texte und Skizzen. Sie setzte sich mit den Plänen zurück auf den Sessel und blätterte sie gedankenverloren durch. »Du solltest sie vielleicht an einen sicheren Ort legen.«

»Das hat mir eure Mutter auch gesagt«, sagte Rup achselzuckend.

Kion schmunzelte. »Vielleicht solltest du auf sie hören. Manchmal hat sie recht.«

Da sie wusste, wie wirr und unorganisiert ihr Vater war, legte Fabia die Papiere als ordentlichen Stapel auf die Kommode hinter sich. »Du legst sie am besten in eine Schublade oder so. Dann wirft Mama sie nicht aus Versehen mit dem Altpapier in die Tonne. Was geschieht jetzt?«

»Die Polizisten waren schon da und haben hundert Fragen gestellt«, antwortete Rup. »Da ich gestern zuerst das Labor verlassen habe, macht sich Johann fürchterliche Vorwürfe. Er war ganz blass und still heute. Dabei kann er doch gar nichts dafür, er hatte wie immer abgeschlossen. Die Polizei weiß noch nicht, wie jemand hineinkommen konnte.«

Die drei schwiegen nachdenklich. Fabia kaute auf ihrer Unterlippe herum und starrte ins Leere. Sie hoffte inständig, dass Rup mit der neuen Erfindung endlich den Erfolg einheimsen konnte, den er verdiente. Da durfte nichts zwischen kommen!

Die Stimmung blieb den ganzen Tag über bedrückt. Laras Rückkehr von der Arbeit brachte weitere Gespräche und Sorgen mit sich. Deprimiert und traurig gingen Fabia und Kion abends ins Bett. Nach dem gestrigen Höhenflug waren sie mit einem lauten Knall wieder in der Realität angekommen. Darauf hätte Fabia gerne verzichtet.

***

Sie streifte genervt durch die Wohnung. Ihr Vater war im Labor und sie fragte sich, ob sich noch etwas wegen des Einbruchs ergeben hatte. Sie würde sich bis abends gedulden müssen und das konnte sie nicht leiden.

»Kind, du machst mich noch verrückt«, sagte Lara zu ihr. Sie war in der Küche beschäftigt. »Such dir bitte eine Beschäftigung.«

In diesem Augenblick klingelte es an der Tür.

Vielleicht war wieder etwas passiert! Fabia stolperte beinahe über ihre eigenen Füße, so eilig hatte sie es, zum Eingang zu gelangen. Sie riss die Tür auf und erstarrte.

»Hi«, sagte Tamo grinsend.

Erleichtert und gleichzeitig enttäuscht starrte Fabia ihn an.

Man konnte ihr die Begeisterung offenbar vom Gesicht ablesen. »Ich kann auch wieder gehen.« Tamo legte seine Stirn in Falten und verschränkte die Arme vor der Brust. »Was ist los?«

Fabia trat einen Schritt beiseite, um ihn hineinzulassen. »Lange Geschichte.« Sie hatte eigentlich überhaupt keine Lust auf Besuch, schon gar nicht auf diesen.

»Hallo, Tamo.« Lara erschien im Türrahmen zur Küche. »Magst du etwas trinken?«

»Oh, nein danke, Frau Buchwald. Ich dachte mir nur, dass ich die beiden Stubenhocker hier mitnehme und wir zum Badetümpel gehen. Heute Nacht hat es geregnet, er wird vollgelaufen sein und es ist warm. Perfektes Badewetter.«

Fabia starrte ihn zweifelnd an. »Baden?« Danach stand ihr momentan nicht der Sinn.

»Ein toller Einfall, Tamo«, sagte Lara lächelnd. »Schnapp dir die beiden, sie können etwas Sonne gut vertragen.«

»Aber Mama, wir müssen …«

»Gar nichts müsst ihr. Du und dein Bruder sollt eure Ferien genießen. Ihr seid jung und draußen scheint die Sonne. Kümmert euch nicht um die Sorgen von uns Alten. Packt eure Badesachen, ich mache euch ein Lunchpaket fertig.«

»Was meinen Sie?«, fragte Tamo neugierig.

»Das erzählen dir die beiden sicherlich gerne auf dem Weg.« Der Wink mit dem Zaun war deutlich.

Fabia gab sich geschlagen. Sie gingen ins Zimmer der Zwillinge und packten ihre Rucksäcke.

»Tolle Idee.« Sie bedachte Tamo mit bösen Blicken.

»War ja auch meine.« Feixend lehnte er sich an die Wand.

Kion schulterte seinen Rucksack und sah Fabia an. »Recht hat er. Es bringt uns doch nichts, hier den ganzen Tag herumzusitzen. Und wir waren dieses Jahr noch nicht schwimmen.«

Resigniert seufzte Fabia und folgte den Jungen. Sie erhielten von Lara ihr Fresspaket und verstauten es in den Rucksäcken.

Sobald die Tür hinter ihnen ins Schloss fiel, fragte Tamo: »Also, was ist los?«

Da Fabia keine Lust hatte, darüber zu reden, verschränkte sie lediglich die Arme.

Kion antwortete: »Bei unserem Vater wurde ins Labor eingebrochen.«

»Was?« Tamo blickte sie ungläubig an. »Ameisenkacke. Wurde etwas gestohlen?«

»Nein. Aber vieles wurde durcheinandergebracht. Glücklicherweise hatte Papa seine Papiere zum Rup-Speicher zu Hause.«

Sie mutmaßten eine Weile über den Einbruch, kamen aber genauso wenig weiter wie in den letzten Stunden.

Der Badetümpel befand sich in der Nordbuche. Sie benötigten eine Weile, bis sie die Mitteleiche überquert hatten und an der Seilbahn angekommen waren. Die Gondeln verbanden die beiden weit auseinanderstehenden Bäume. Es herrschte reger Betrieb und die drei reihten sich in eine längere Warteschlange ein.

Tamo überragte die Zwillinge um einen halben Kopf und hatte einen guten Blick über die Arbolde vor ihnen. »Da vorne sind Pito und Kaja.«

»Oh, toll«, sagte Fabia trocken. Ihre Laune sank mit jeder Minute, die sie unterwegs waren. Ausgerechnet auf ihre Klassenkameraden zu treffen, machte es nicht besser.

»Jetzt zieh kein Gesicht wie sieben Tage Regenwetter. Mach dir nicht so viele Gedanken, *ich* bin doch bei euch.« Tamo lachte.

Fabia ahnte, dass er recht hatte. Was scherte es sie, falls Kaja einen blöden Spruch abgab? Die arrogante Raupe konnte ihr nichts. Immerhin waren sie jetzt mit Tamo befreundet. Sie verzog ihren Mund. Na wunderbar, jetzt war sie bereits glücklich darüber, die Laberbacke bei sich zu haben. Doch der Gedanke freute sie, sowie er ihr durch den Kopf geschossen war.

»Du siehst aus, als hättest du in einen Sauerampfer gebissen«, witzelte Tamo. »An was musstest du denken, das so widerlich war?«

Fabia schmunzelte und sagte wahrheitsgemäß: »An dich.«

»An mich? Und da ziehst du so ein Gesicht?«

Das brachte sie zum Lachen.

Die drei stiegen gemeinsam mit zwei älteren Herren in die nächste Gondel ein und setzten sich auf die Holzbänke. Fabia genoss die Fahrt jedes Mal, auch wenn es ruckelte und nur schleichend voranging. Unter ihnen erstreckte sich der ferne Waldboden und sie schaute neugierig hinab. Bald würden sie ihn hoffentlich aus der Nähe sehen.

»Wann starten wir denn unsere nächste Erkundungstour?«

Fabia blickte auf und erkannte, dass Tamo sie beobachtet haben musste. Da die beiden Herren in ein Gespräch vertieft waren und nicht auf die Kinder achteten, sagte sie leise: »Um ehrlich zu sein, würde ich gerne abwarten, wie die Sache mit dem Einbruch weiterläuft.« Sie fand es schade, aber für ein neues Abenteuer stand ihr gerade nicht der Kopf.

Auf der Nordbuche angekommen, war es nicht mehr weit. Der Tümpel lag in einer dafür perfekt gewachsenen Astgabel. Der Stamm teilte sich in zwei Abschnitte auf und wuchs getrennt voneinander weiter. Dabei bildete sich eine tiefe Kuhle, in der sich das Wasser lange hielt.

Heute war der Teich gut besucht. Fabia ließ ihren Blick schweifen. Die Hälfte ihrer Klassenkameraden war anwesend, sowie Schüler aus anderen

Jahrgängen. Ihnen gegenüber war eine Gruppe von Mädchen, die Fabia nicht leiden konnte, darunter Kaja. Sie kicherten und benahmen sich furchtbar, wenn Jungs in der Nähe waren. Dafür wurden sie von ebendiesen Jungs ins Wasser geworfen, was sie mit lautem Kreischen quittierten.

»Kommt, wir setzen uns da vorne hin.«

Sie setzten sich ins Moos und zogen Schuhe und Strümpfe aus. Vorsichtig tauchte Fabia ihren großen Zeh ins Wasser. Sogleich erschauderte sie und zog ihn zurück. War das kalt! Kion war mutiger und streckte beide Füße in den Tümpel, ohne eine Miene zu verziehen.

Tamo quetschte sich zwischen die beiden. Er schmiss die Schuhe beiseite und ließ seine Füße ins Wasser klatschen. Ein Schwall kaltes Wasser schwappte auf Fabia zu und sie spürte, wie sich ihre Hose an der Unterseite ihrer Schenkel vollsog.

»Verfluchter Mistkäfer!« Sie schubste Tamo zur Seite.

»Autsch.« Kion hatte Tamos Ellbogen abbekommen.

»Seid nicht so gestresst, ihr zwei«, sagte Tamo lachend und legte sich nach hinten ins Moos, die Hände hinter dem Kopf verschränkt. Wohlig seufzte er. »Ah, so lässt es sich leben.«

Fabia schüttelte den Kopf, amüsierte sich aber insgeheim. Besonders, als sie die verwirrten und zum Teil entgeisterten Blicke ihrer Mitschülerinnen bemerkte. Die konnten sich nicht erklären, warum der beliebte Tamo bei den unbeliebten Zwillingen saß.

Warum sollte sie sich den ganzen Tag Gedanken machen? Es brachte eh nichts. Fabia zuckte mit den Achseln und genoss Sonne und Moos. Später sprangen sie zu dritt ins Wasser und kühlten sich ab. Tamo ließ es sich nicht nehmen, Kion wiederholt unterzutauchen.

Der Höhepunkt des Tages war der Moment, als Kaja zu ihnen herüberkam. Mit erhobenem Haupt und im knappen Bikini stand sie vor ihnen. Sie wandte sich an Tamo, als wären die Zwillinge unsichtbar. »Hallo, Tamo. Hast du nicht Lust, mit mir zu den anderen zu kommen? Du *musst* nicht bei den beiden bleiben.«

Fabias Herz klopfte schneller und sie biss sich auf die Zunge, um nicht sofort etwas Passendes dagegenzusetzen.

Das war jedoch nicht notwendig. Tamo lächelte Kaja an und sagte übertrieben erstaunt: »Wirklich? Ach so! Und ich dachte, man *soll* bei seinen Freunden sitzen! Das habe ich wohl falsch verstanden.

Danke Kaja! Du hast sicherlich recht. Ich sollte …« Tamo unterbrach sich mitten im Satz und winkte ab. »Ach, was rede ich da? Warum sollte ich aufstehen und dir folgen, um mich mitten in eine Horde oberflächlicher, hochnäsiger Gibbel-Gänse zu setzen?«

Das saß. Kaja schaute ungläubig und wütend drein. Zuletzt kehrte das hochmütige Lächeln zurück, doch es wirkte eindeutig aufgesetzt.

»Schön«, sagte sie. »Schön.« Und machte sich aus dem Staub.

»Wahnsinn.« Fabia musste sich mit aller Macht zusammenreißen, um nicht über Kajas Gesichtsausdruck zu lachen. Innerlich überschwemmte sie ein warmes Gefühl.

»Die wirken nicht begeistert.« Auch Kion klang amüsiert.

Es stimmte. Fabia sah, wie Kaja auf der gegenüberliegenden Tümpelseite wild in ihre Richtung gestikulierte. Die anderen Mitschüler schauten zu ihnen hinüber und Fabia vermied es tunlichst, Blickkontakt aufzunehmen.

Tamo zuckte mit den Schultern. »Geht mir doch am Ast vorbei. Die sind nur deprimiert, dass sie jetzt nicht mehr meinen höchst spannenden Abenteuergeschichten lauschen dürfen.«

Darüber musste Fabia lachen. »Die berühmten Abenteuer des Tamo Baumgarten. Die natürlich alle genau so erlebt worden sind.«

»Keine Sorge, Fabia. In meinen nächsten Geschichten seid ihr mit dabei.« Tamo hob seinen rechten Arm und wischte damit waagerecht durch die Luft, als würde er über einen Text streichen. »Die Arboritos und das geheime Tunnelsystem. Oder: Die Arboritos auf den Spuren der Diebe.«

»Träum weiter«, sagte Kion, lachte aber ebenfalls über die hochtrabenden Ideen.

Fabia lächelte verträumt. Seit dem letzten Schultag war es immer deutlicher geworden, doch es auszusprechen, hatte sie sich nie getraut. Jetzt hatte sie endlich die Bestätigung: Tamo, Kion und sie waren richtige Freunde. Ihr war vorhin nicht entgangen, wie Tamo sich unterbrochen hatte, während er mit Kaja sprach. Hatte er erkannt, dass er die Angeberei vor ihnen nicht benötigte?

Freyas Alleingang

Der Gedanke glühte noch warm in ihr, als sie zwei Stunden später die Wohnungstür aufschloss.

Lara kam ihnen sogleich entgegen. »Da seid ihr ja wieder. Sagt mal, habt ihr Freya auf dem Weg hierher getroffen?«

Stirnrunzelnd verneinten die drei die Frage.

»Seltsam. Sie ist vor gut einer Stunde hier aufgetaucht. Hatte wohl etwas hier vergessen und wollte nebenan danach suchen. Da ich gerade kochte, habe ich sie reingelassen. Aber als ich kurz darauf nach ihr sehen wollte, war sie verschwunden. Dabei habe ich die Tür gar nicht ins Schloss fallen gehört. Sie muss irgendwie rausgeschlichen sein.«

Lara zuckte mit den Schultern und kehrte in die Küche zurück.

Fabia sah alarmiert zu den beiden anderen. »Meint ihr …?«

Mit finsterem Gesicht nickte Tamo. »Ja, das glaube ich. Das kleine Biest ist in den Geheimgang geschlichen.«

»Wir sollten uns beruhigen«, sagte Kion. »Vielleicht taucht sie ja gleich wieder auf.«

»Ich warte eine halbe Stunde, nicht länger.« Tamo eilte ins Wohnzimmer.

Fabia tauschte einen Blick mit Kion und gemeinsam folgten sie Tamo. Er überprüfte die geheime Tür. »Ja, ich denke schon, dass sie dadurch gegangen ist«, murmelte er. »Hier liegt ein Stück vom Stiel eines Helmlings.«

Sie setzten sich und warteten. Es passierte nichts. Fabia warf immer wieder einen Blick auf ihre Uhr, der Minutenzeiger kroch wie eine Schnecke.

»Seid ihr müde?« Lara hatte den Kopf ins Zimmer gesteckt.

»Ja, ziemlich«, antwortete Kion. Das war eine gute Ausrede, um nichts anderes machen zu müssen.

Ein Lächeln huschte über Laras Gesicht. »Ich muss noch einkaufen. Mögt ihr etwas Bestimmtes? Ich habe gesehen, dass unser Vorrat an Helmlingen zur Neige geht und wollte neue Setzlinge kaufen. So viel haben wir in letzter Zeit eigentlich gar nicht benutzt. Andererseits: Wer weiß, was euer Vater alles anstellt, wenn keiner auf ihn aufpasst.«

»Nein, wir brauchen nichts, danke.« Fabia lächelte. Insgeheim war sie erleichtert, dass ihre Mutter für die nächsten zwei Stunden die Wohnung verlassen würde.

Sobald die Tür hinter Lara ins Schloss gefallen war, sprang Tamo nervös auf. »Ich geh da jetzt runter!«

»Wir kommen natürlich mit.« Kion stand vom Sofa auf und tauschte einen Blick mit Fabia, die nickte.

Schnell hatten sie aus ihrem Zimmer den alten, noch leuchtenden Helmling geholt. Tamo öffnete den Geheimgang und sie stiegen die Stufen hinab. Unten an der Kreuzung blieben sie stehen.

»Was meint ihr, welchen Weg sie genommen hat?«, fragte Fabia nachdenklich.

»Ich habe da so eine Vermutung«, erwiderte Tamo und wandte sich nach links. Sie folgten stumm den Kreidezeichen an der Wand. Nach einer halben Stunde erreichten sie den Ausgang und standen im Freien. Die Sonne stand tief und schummriges Licht erhellte den Boden.

Kion zeigte vor sich. Ein Leuchtpilz lag auf dem Plateau. »Da. Freya muss tatsächlich hier vorbeigekommen sein.«

»Das dachte ich mir. Sie war so scharf darauf, draußen herumzulaufen. Wir müssen sie suchen.« Kaum hatte Tamo seinen Satz beendet, begann er, an der Wurzel hinabzusteigen.

Aufgeregt folgte Fabia ihm. Je tiefer sie stiegen, desto größer kam ihr die Umgebung vor. Dann berührten ihre Füße zum ersten Mal den Waldboden. Mit wild klopfendem Herzen schaute sie hinab auf die Erde, beachtete nicht das breite Grinsen auf ihrem Gesicht. Langsam hockte sie sich nieder und strich mit ihren Fingern über die raue, feuchte Oberfläche. Sie stand auf und blickte mit offenem Mund umher. Ein Stück von ihr entfernt ragten zwei riesige Felsen in die Höhe und sie musste ihren Kopf in den Nacken legen, um die obere Kante zu erkennen. Vor ihnen erstreckte sich ein großer Binnenwald aus Brennnesseln.

»Freya!«, brüllte Tamo.

Hektisch unterbrach Kion ihn. »Ruhe!«

Flugs drehten sich Tamo und Fabia zu ihm um. Er stand am Fuße der Steine und sah zurück zum Baum. »Wir sollten nicht so herumschreien. Wir wissen nicht, ob uns hier unten jemand hört. Außerdem könnten Soldaten unterwegs sein.«

»So eine Entengrütze«, fluchte Fabia, musste ihrem Bruder aber zustimmen.

»Dann also suchen.« Tamo drehte sich zu den Brennnesseln. »Das ist der einzige Weg.«

Schweigend folgte Fabia, hinter ihr Kion. Ihr Kopf hielt keine Sekunde still. Sie versuchte, alles in sich aufzusaugen. Ihr Herz klopfte weiterhin schneller als normalerweise. Immerhin taten sie etwas Verbotenes. Sie würden mächtig Ärger bekommen, wenn die Soldaten sie fänden.

Sie tauchten in den Binnenwald ein. Die hochgewachsenen Pflanzen ragten steil auf. Vorsichtig umrundeten sie die Blätter, die teilweise bis auf den Boden hingen. Es war wie in einer anderen Welt. Fabia fühlte sich aufgewühlt und beklommen.

Mit einem Mal nahm sie etwas aus dem Augenwinkel wahr. Sie deutete zu einem hohen Hügel rechts von sich. »Schaut mal. Ein Ameisenberg.« Jetzt hörte sie die raschelnden Bewegungen von unzähligen Ameisen, die emsig damit beschäftigt waren, Futter zu besorgen. Glücklicherweise waren sie weit weg und keines der Tiere kam ihnen zu nahe.

Sie gingen weiter und achteten darauf, Abstand zu den Ameisen zu halten. Ein Stück weiter versperrte ihnen etwas den Weg, was Fabia bekannt vorkam.

»Astrein.« Tamo strich mit der Hand über das Hanfseil. Es verlief an dieser Stelle nahezu waagerecht. »Das muss das Ende der Seilrutsche aus dem Raum von vorgestern sein. Schaut, es ist in dem Stein dort verankert. Und hier ist auch genügend Moos, um den Sturz abzubremsen.« Er warf einen Blick zu Fabia. »Na, doch eine kleine Rutschfahrt gefällig?«

»Nur über meine Leiche«, murmelte Fabia mit weichen Knien. Der Gedanke daran, die Horrorrutsche auszuprobieren, verursachte ihr Unbehagen.

Sie duckten sich unter dem Seil hindurch und folgten weiter dem Pfad.

»Da vorne ist der Binnenwald zu Ende«, sagte Kion.

Fabia reckte sich und versuchte, über seine Schulter hinwegzublicken. Sie traten aus dem Wald hinaus und erblickten einen umgekippten Baumstamm. Zu beiden Seiten erstreckte er sich scheinbar endlos.

»Na toll. Müssen wir zurückgehen?«, fragte Tamo. Seine Stimme zitterte leicht. Sicherlich machte er sich große Sorgen um seine Schwester.

Fabia biss sich auf die Zunge, um keinen gemeinen Kommentar abzugeben. Das machte man nicht unter Freunden. Außerdem hatte sie eine bessere Idee. »Nein, lasst uns hochklettern.«

Sie schritt zügig auf den Stamm zu, der sich ins Erdreich gedrückt hatte, und begann zu klettern. Die Rinde war rissig und bot viele Möglichkeiten für Hände und Füße. Behände gelangte sie höher und höher. Der Aufstieg wurde flacher und sie kam schneller voran. Schwer atmend erreichte sie die Oberseite des Baumstammes, stellte sich aufrecht und drehte sich um ihre eigene Achse.

Von hier oben hatte sie eine phänomenale Aussicht. Ein Blick zur Buche zeigte ihr, dass der Brennnesselbinnenwald eine ungeheure Fläche einnahm. Sie drehte sich weiter. Auf der anderen Seite des Stammes würden sie nicht weiterkommen. Ein Urwald aus Zweigen, Ästen, Blättern und einer ihr unbekannten Grünpflanze erstreckte sich unter ihr.

»Heilige Blattlaus«, murmelte Tamo, der sich neben sie gestellt hatte. »Also den Baum entlang?«

»Aber in welche Richtung?« Kion beschattete seine Augen mit der Hand und versuchte, in der Ferne etwas ausfindig zu machen.

Nachdenklich runzelte Tamo die Stirn. »Eine ist so gut wie die andere. Lasst uns zuerst nach links gehen. Wenn wir nichts finden, ist immer noch Zeit für die andere Seite. Einverstanden?«

Fabia nickte und folgte Tamo und Kion den Stamm entlang. Nach einer Weile lichtete sich das dichte Unterholz zu ihrer Rechten und öffnete sich zu einer Lichtung aus Erde und Moos. Und mittendrin saß Freya.

»Na, die kann was erleben.« Tamo schnaubte und kletterte vorsichtig hinab.

Unten angekommen steuerten sie sogleich die Lichtung an, auf der sie Freya entdeckt hatten. Fabia fragte sich besorgt, warum die Jüngere mitten im Moosfeld saß. War etwas geschehen?

»Tamo!« Freyas Stimme klang gleichzeitig erleichtert und zerknirscht. Auch jetzt machte sie keine Anstalten, sich zu erheben.

Fabia erkannte, warum. Freya hielt ihren Knöchel, das Gesicht schmerzverzerrt.

Das hielt Tamo nicht davon ab, sie anzuherrschen: »Was fällt dir ein? Du dummes Ding, einfach allein durch die Tunnel zu rennen! Du hättest dich verlaufen können. Die Ohrwürmer hätten dich ergreifen können! Und dann rennst du hier draußen herum, sichtbar für alles und jeden. Was wäre, wenn dich die Soldaten gefunden hätten?«

Kion legte ihm beschwichtigend die Hand auf den Arm.

»Es tut mir leid«, schluchzte Freya und dicke Tränen rannen ihr über die Wangen. Sie starrte zum Boden, ihre Hände zitterten.

»Das sollte es auch!«, brüllte Tamo.

Dieses Mal ging Fabia dazwischen. Sie hockte sich neben Freya und legte ihr beruhigend die Hand auf die zuckende Schulter.

Mit funkelnden Augen sah Freya auf. »Aber da wächst eine Moosblume! Ich wollte sie doch nur pflücken und Mama davon einen Aufguss machen. Moosblumen wirken schmerzlindernd und kräftigen den Körper. Damit würde es ihr besser gehen!«

Fabia verstand. Sie hatte von der positiven Wirkung von Moosblumen gehört. Ihr Blick ging hoch zu Tamo, um Freya in Schutz zu nehmen. Ein Blick genügte und sie wusste, dass dies nicht nötig war.

Tamo blickte seine Schwester mit großen Augen an und kaute auf der Unterlippe. Ohne ein Wort zu sagen, hockte er sich hin und nahm Freya in den Arm.

Fabia rückte ein Stück weg und stand auf, um die Geschwister nicht zu stören. Sie stellte sich zu Kion und tauschte einen Blick mit ihm. Auf seinem Gesicht lag ein leichtes Lächeln.

»Du dummes Ding«, wiederholte Tamo kaum vernehmlich. Seine Stimme klang wesentlich weicher. »Warum hast du nichts gesagt? Wir hätten zusammen hierherkommen können. Wegschleichen ist riskant. Was bringt es Mama, wenn du hier draußen von einem Fuchs als Zwischenmahlzeit angesehen wirst?«

Aus Freyas Gesicht wich alle Farbe. Trotzig schüttelte sie den Kopf. »Ihr hattet doch was anderes vor. Der Badetümpel war geöffnet. Und du sagst mir immer, du möchtest nichts mit mir unternehmen.«

Für den letzten Satz klopfte Tamo ihr leicht mit dem Knöchel auf den Scheitel. »Du bist doch so klug, Freya. Natürlich mag ich nicht andauernd was mit dir machen. Immerhin bin ich vier Jahre älter als du. Aber bei so etwas Wichtigem und Gefährlichen musst du mir Bescheid sagen, gerade *weil* ich älter bin als du.«

Darauf sagte Freya nichts mehr. Zusammengesunken saß sie da und starrte mit tränenverschmiertem Gesicht zu Boden.

Hornreiter und Ameisen

Tamo stand auf. »Also?«

Verwirrt sah Freya ihn an. »Also was?« Ihre Stimme klang verschnupft.

Er lächelte sie an. »Wo ist diese Blume? Wir können doch jetzt nicht ohne sie abhauen.«

Mit großen Augen und wippenden Fühlern betrachtete Freya ihren Bruder, als sei er ein fremdes Wesen. Ein Lächeln huschte über ihr Gesicht und sie hob die Hand. »Da lang. Es muss ganz in der Nähe sein.« Sie versuchte, sich aufzurichten und sank stöhnend zurück.

Kion hockte sich zu ihr und untersuchte ihren Knöchel. »Gebrochen ist er nicht«, sagte er mitleidig. »Vermutlich nur verstaucht. Den wirst du schonen müssen.«

»Du machst einem nur Ärger.« Tamo fiel in seine übliche Art zurück und kniete sich von Freya abgewandt hin. »Na los, rauf mit dir.«

Schweigend ließ Freya sich von ihm huckepack nehmen. »Danke«, flüsterte sie.

Tamo ignorierte sie und schritt zügig voraus.

»Familie geht über alles«, sagte Kion flüsternd. Er schien sich an das Gespräch zu erinnern, das er mit Freya auf ihrem ersten Ausflug ins Tunnelsystem geführt hatte.

Fabia und Kion folgten den beiden und überquerten die Lichtung. Vor ihnen wurde es hügeliger und sie mussten aufpassen, nicht auch umzuknicken.

»Wie ist das passiert?« Fabia deutete auf Freyas Fuß.

»Bin über einen Ast gestiegen und dabei abgerutscht. Er war vom Regen noch feucht.« Freya klang wütend auf sich.

Sie erklommen eine Erhebung und erreichten die Hügelkuppe.

»Oh«, sagte Kion und sprach damit das aus, was alle dachten. Unter ihnen lag ein Bach, der in beide Richtungen so weit führte, wie ihr Blick reichte.

»Da rechts ist die Moosblume«, fügte Freya resigniert hinzu. Sie zeigte auf eine Stelle auf der gegenüberliegenden Bachseite, so nah und doch unerreichbar. Eine Bewegung von der Seite ließ sie zusammenzucken.

Alarmiert hockten sie sich auf den Boden. Tamo setzte Freya behutsam ab.

»Da ist eine Brücke«, flüsterte Freya aufgeregt.

»Ja, und Hornreiter. Verfluchte Entengrütze!«, schimpfte Tamo genauso leise.

Einen Steinwurf von ihnen entfernt konnte Fabia eine Brücke erkennen, die über den Bach führte. Die Baumarbeiter hatten einen herabgefallenen Ast genutzt und ihn begehbar gemacht. Die Oberfläche war abgeflacht und als Sicherheitsmaßnahme gab es seitlich ein Geländer. An den Zugängen stand jeweils ein Hornreiter auf seinem Eichhörnchen. Der Reiter auf dieser Seite kehrte ihnen den Rücken zu, sodass man nur den Hinterkopf des Arbolds aus dem Fell des Eichhörnchens herausragen sah. Der Reiter auf der anderen Seite schaute genau in ihre Richtung. Glücklicherweise schien er sie nicht gesehen zu haben. Vorsichtig zogen sich die vier Kinder weiter den Hang hinab.

»Hoffentlich nehmen die Eichhörnchen nicht unsere Witterung auf.« Kion wirkte trotz der Umstände ruhig und gefasst.

»Ich bin froh, dass Gigant nicht mitgekommen ist«, sagte Tamo. »Sie hasst Eichhörnchen und wäre total ausgeflippt.«

»Und was machen wir jetzt?« Fabia warf einen kurzen Seitenblick auf Freya, die immer unglücklicher aussah. Irgendwie mussten sie über den Bach kommen, ohne erwischt zu werden. Das würde eine Menge Ärger geben. Immerhin war es für sie verboten, sich ohne Erwachsene auf dem Waldboden aufzuhalten.

Kion war wohl Freyas traurige Miene aufgefallen, denn mit einem Blick zu ihr sagte er: »Keine Sorge, ich habe eine Idee. Wir suchen uns in der anderen Richtung einen eigenen Übergang, das wird nicht der einzige Ast gewesen sein, der über den Bach gefallen ist. Da können wir hinüber klettern und die Blume pflücken.«

Mit großen Augen blickte Freya ihn an. »Das würdet ihr für mich machen?«

»Ja, klar.« Kion wirkte peinlich berührt.

Behutsam krochen sie los. In regelmäßigen Abständen warf Kion einen Blick über die Hügelkuppe. Schließlich drehte er sich zu ihnen um. »Der Bach macht einen kleinen Knick, von hier aus kann man die Hornreiter nicht mehr sehen. Das sollte genügen. Da unten habe ich einen möglichen Übergang gesehen.«

Fabia nickte. »Am besten bleibt Freya hier. Das wird sonst zu gefährlich.« Zu ihrem Erstaunen nickte Freya ohne jeglichen Protest.

Tamo blickte zerknirscht und bekümmert drein. »Ich … mag den Gedanken eigentlich nicht, aber könnte ich euch beiden das Holen der Blume überlassen? Ich sollte bei Freya bleiben.«

»Natürlich«, sagte Kion prompt.

Fabia sagte nichts, zu beeindruckt war sie von Tamos Entscheidung. Sie hätte vermutet, für ein solches Abenteuer würde er alles stehen und liegen lassen. Stattdessen setzte er sich zu seiner Schwester und stupste sie neckend an.

»Dann los.« Kion schlich davon.

Fabia folgte ihm. Umsichtig stiegen sie hinab zum Bach. Die Strömung war stark und würde sie mit sich reißen, sollten sie hineingeraten. Über dem Wasserlauf lag der Stängel eines Sauerampfers. Er war weit unten abgeknickt und sie konnten ohne Schwierigkeiten hinaufklettern. Vorsichtig balancierten sie den Stiel entlang und mussten ab und an über eines der zusammengefallenen Blätter klettern. Das Wasser sprudelte unter ihnen hindurch.

Fabia spürte die Aufregung in jedem Zipfel ihres Körpers, ihre Finger zitterten. Ohne Zwischenfall erreichten sie das andere Ufer. Fabia sprang von dem fußbreiten Stängel auf den harten Waldboden.

Diese Seite des Baches war dicht bewachsen. Schnaufend ebneten sich die beiden einen Weg durch das bis zum Ufer reichende Gestrüpp. Fabia hatte nach wenigen Schritten blutige Kratzer auf den Armen und Beinen. »Wie sollen wir das denn Mama erklären?«

Darauf hatte Kion keine Antwort.

Endlich schob Fabia die letzte dornige Ranke aus dem Weg und trat auf eine kleine Lichtung. Sie atmete schwer und spürte den Schweiß über ihr Gesicht laufen. Kion sah nicht besser aus. Er ignorierte die Blessuren und legte den Kopf in den Nacken.

Fabia folgte seinem Blick und entdeckte ihr Ziel: Aus dem Moos am Boden erstreckte sich ein armdicker Stängel in den Himmel, an dessen nach unten gebeugtem Ende eine rosarote Blüte wuchs. »Wie sollen wir da ran kommen?«, fragte sie Kion.

Der runzelte die Stirn. »Ich habe eine Idee. Such mir bitte einen Stein, etwa faustgroß.« Er setzte indes seinen Rucksack ab und hockte sich hin.

Fabia nickte und ließ ihren Blick suchend über den Erdboden streifen. Da, fast schon im Wasser! Sie eilte zum Ufer und bückte sich nach dem Stein. Er war kantig und besaß eine raue Oberfläche. Neugierig darauf, was Kion vorhatte, brachte sie ihm ihren Fund.

Kion hatte derweil sein Seil aus dem Rucksack gezogen und gab ihr ein Zeichen, den Stein auf den Boden zu legen. Er umwickelte ihn mehrmals mit dem Seil und knotete die Enden zusammen. Schließlich lag der Stein verschnürt vor ihnen.

Fabia verstand, was ihr Bruder plante und trat einen Schritt zurück.

»Alles klar, hoffentlich funktioniert das«, murmelte Kion und stand mit dem Stein in der einen und dem losen Ende des Seils in der anderen Hand auf. Er reichte Fabia das Seilende. »Hier, halt das gut fest.«

Er trat zur Seite, schaute konzentriert nach oben und ließ den Stein an einem kurzen Stück Seil senkrecht kreisen. Als der Schwung ausreichte, riss er seinen Arm nach oben und katapultierte den Stein mitsamt dem Seil nach oben, auf die Blüte zu. Er verfehlte sie knapp und der Stein landete mit dumpfem Aufprall ein paar Schritte von ihnen entfernt im Moos. Kion benötigte zwei weitere Versuche, bis sich der Stein um den Stängel knapp unter der Blüte wickelte und verkantete.

»Perfekt!« Fabia half Kion, an dem Seil zu ziehen. Mit jedem Zug beugte sich der Stängel und näherte sich dem Boden. Die Blüte neigte sich hinab und verweilte schließlich in ihrer Kopfhöhe.

»Halt gut fest«, wies Kion sie an und überließ es ihr, das Seilende straff zu halten. Er zog sein Messer aus der Hosentasche und machte sich daran, eines der Blütenblätter abzuschneiden.

Fabias Hände verkrampften sich bald. Ihre Muskeln protestierten schmerzhaft. »Beeil dich!«

Kion antwortete nicht, aber nach ein paar Augenblicken hörte man sein zufriedenes Aufatmen und ein leichter Ruck ging durch die Blüte. Das Blütenblatt fiel zu Boden. Sogleich hechtete er zu Fabia und packte ebenfalls das Seil. »Das schaffen wir nicht, zu entwirren! Das Seil wird uns um die Fühler fliegen, wenn wir nicht aufpassen. Ich schneide es ab. Aber noch ist die Spannung zu groß. Häng du dich an den Stängel.«

Vorsichtig ließ Fabia los und musste erst ihre Arme ausschütteln. Dann umfasste sie den Blumenstängel und lehnte sich mit ihrem gesamten Gewicht nach hinten. Die Spannung wich aus dem Seil und Kion säbelte mit dem Messer so weit oben, wie er es erreichen konnte. Mit vor Anstrengung rotem Kopf durchtrennte er den letzten Strang. Hektisch sprang er zurück. »Weg vom Stängel!«

Instinktiv ließ sich Fabia ins Moos fallen. Keine Sekunde zu früh! Mit einem pfeifenden Geräusch richtete sich die Pflanze wie eine Peitsche auf. Schwer atmend folgte sie mit ihrem Blick dem umherschwingenden Stängel, der sich allmählich beruhigte.

Kion rollte das armlange Blütenblatt zusammen und verstaute Seil und Blatt im Rucksack. Das Messer steckte er in eine Seitentasche. »Gut gemacht. Dann mal wieder zurück.«

Fabia nickte und wandte sich um. Sie schaute auf den Weg, den sie gekommen waren, und betrachtete ihre unzähligen Kratzer, die sie dem Dornengestrüpp verdankte. »Na Klasse! Ich freue mich.«

Sie kämpfte sich fluchend hinter Kion durchs Unterholz und fing sich weitere Kratzer ein. In den nächsten Tagen durfte sie keine ärmellosen Oberteile tragen, das war klar. Glücklich tauchte sie auf der anderen Seite auf.

Vorsichtig stieg Fabia zurück auf den Sauerampferstrunk und balancierte über den Bach. Ihre Beine fühlten sich schwer an und sie unterdrückte ein Gähnen. Der Ausflug zerrte an ihrer Ausdauer. So achtete sie nicht auf die feuchte Stelle vor ihr. Sie rutschte ab und sah den Bach auf sich zurasen. Alles drehte sich.

Ein heftiger Ruck ging durch ihr Bein und Fabia baumelte kopfüber. Mit rasendem Herzen konnte sie für einen langen Augenblick nur auf die Strömung unter sich starren.

»Alles in Ordnung?«, keuchte Kion von oben.

Fabia blickte ihn an und sah den Himmel unter ihr. Alles war verkehrt herum! Ihr Kopf begann zu dröhnen von dem vielen Blut, dass sich dort ansammelte. Ihr Bruder hatte sie im letzten Moment festhalten können! Er umklammerte ihren Fuß und war ebenfalls Eichhörnchenrot im Gesicht.

Schnell huschten ihre Augen umher. Sie entdeckte einen abgebrochenen Blattstängel in ihrer Nähe. Mit wild klopfendem Herzen streckte sie ihren Arm aus und schaffte es, den Stängel zu packen. Glück gehabt! Gemeinsam mit Kions Hilfe kletterte sie hinauf. Auf dem Strunk angekommen, blieb sie sitzen und atmete schwer. »Danke.«

Kion nickte, sein Gesicht nicht mehr so rot wie zuvor. »Komm, wir sollten weiter.«

Schweigend stand Fabia auf und setzte ihren Weg weitaus vorsichtiger fort. Ohne einen weiteren

Zwischenfall sprang sie drüben auf festen Boden. Ihre Beine zitterten wie Espenlaub.

***

»Kion! Fabia! Danke, ihr seid die Besten!« Freya strahlte sie an.

»Und wer hat dich hergetragen?«, sagte Tamo verstimmt und reckte sich. »Wir sollten zurückgehen.«

Er stand auf und sah feixend zu Fabia. »Du machst es aber auch spannend, wie?«

Dafür boxte sie ihn gegen die Schulter, sagte aber nichts. Der Schreck saß ihr in den Gliedern. Sie folgten dem Bachufer entlang zurück und kletterten rasch hinter den Hügel, um nicht von den Hornreitern entdeckt zu werden.

Freya ließ sich abermals von Tamo huckepack tragen und redete ohne Pause auf Kion ein. »Das war unglaublich. Wie du diese Blume gepflückt hast! Und Fabia gerettet hast! Das war astrein!«

Fabia schüttelte den Kopf. Na, da war jemand schwer begeistert von ihrem Bruder.

Zurück auf der Lichtung gingen sie auf den umgestürzten Baumstamm zu. Je näher sie kamen, desto stiller wurde Freya.

Fabia erkannte das Problem. »Verfluchte Entengrütze! Da kann Freya mit ihrem Fuß nicht hochklettern.«

»Mit ihr auf dem Rücken komme ich da auch nicht hoch.« Tamo ließ seine Schwester auf den Boden gleiten. »Wir suchen nach einer Alternative«, schlug er vor und marschierte sofort los.

»Ich warte dann solange hier.« Freya zog eine Grimasse. Ihr Fuß musste arg weh tun.

Fabia wandte sich in die entgegengesetzte Richtung wie Tamo, auf das dornige Gestrüpp zu. Sie war bereits zerstochen und zerkratzt, da würden ein paar weitere Schrammen keinen Unterschied mehr machen. Zu ihrer Überraschung tauchte sie in den Urwald ein und erblickte einen düsteren Weg vor sich. Die Pflanze, die sie von oben nicht hatte identifizieren können, war eine Schattenblume. Im Laufe der Zeit hatte sie sich hier unten ausgebreitet und bildete einen grünen Hain. Auf den Blättern der Schattenblume lagen Stöcke und Äste, manche reichten wie Stelzen bis auf den Erdboden. Fabia schritt andächtig durch den kleinen Binnenwald und betrachtete die Welt von unten. Das Licht drang fast gar nicht zwischen den großen Blättern hindurch. Alles war in grünlichen Schimmer gehüllt. Von draußen drangen kaum Geräusche hinein.

Fabia ging am Baumstamm entlang und hielt Ausschau nach einer Möglichkeit, hinüber zu kommen. Sie hatte Glück. An einer Stelle besaß der Stamm einen Seitenast, der halb im Boden steckte. Dadurch wurde der Hauptstamm angehoben und ein Tier musste den Rest der Arbeit erledigt haben: Ein schmaler Übergang erhob sich vor Fabia. Sie musste sich zwar bücken, benötigte aber nur wenige Schritte und war auf der anderen Seite.

Drüben angekommen erkannte Fabia, dass sie nahe der Stelle herausgekommen war, an der sie vorhin den Stamm erklommen hatte. Sie kehrte eilig zurück, um die anderen zu holen. Als sie aus dem Hain trat, blieb sie wie angewurzelt stehen.

Freya war umringt von Ameisen. Sie klackerten und klickten mit ihren Greifern und starrten Freya an. Die schien eher begeistert als verängstigt zu sein. Die Ameisen wirkten nicht bedrohlich, eher neugierig. In der Hand hielt Freya ihren Trinkschlauch. Als sie Fabia entdeckte, winkte sie mit der freien Hand: »Ich glaube, Ameisen lieben Honigwasser!«

Vorsichtig näherte sich Fabia den umherkrabbelnden Ameisen, die etwa doppelt so lang waren wie ihr Fuß. Die Insekten wippten mit ihren Antennen und wuselten aufgeregt umher.

Freya versuchte, mithilfe ihrer Fühler Kontakt aufzunehmen. »Sie wollen es echt haben.«

Ungelenk stand sie auf. Sogleich krabbelten die Ameisen schneller um sie herum.

Auch Fabia stellte den Kontakt her und lächelte über die emsigen Arbeiterinnen. Freya entleerte den Inhalt ihres Trinkschlauchs behutsam auf ein Blatt und humpelte einen Schritt zurück.

Geradewegs krochen die Ameisen darauf zu und tranken das gesüßte Wasser. Schnell war von der kleinen Pfütze nichts mehr übrig. Die Ameisen sandten einen Dank an die beiden und machten sich auf und davon.

»Astrein.« Freyas Wangen waren gerötet und sie strahlte. »Das war richtig, richtig aufregend!«

»Was war aufregend?« Die Jungen kehrten zurück und Tamo hob fragend die Augenbrauen.

»Ich habe gerade Ameisen gefüttert«, rief Freya.

»Ja, ist klar«, schnaubte Tamo.

Freya stemmte die Fäuste in die Seite. »Wirklich! Frag Fabia!«

Kurz stockte Tamo verwirrt, aber da Fabia nickte, grinste er. »Astrein. Wie hast du das geschafft?«

Resigniert schüttelte Fabia den Kopf. Die Geschwister waren sich unheimlich ähnlich. Beide verrückt nach Abenteuern. Doch sie wäre nicht sie selbst, hätte sie darauf keine Antwort: »Jetzt kannst du nach den Ferien erzählen, dass eure Jagd auf die Ameisen verhindert wurde, weil deine kleine Schwester sie gezähmt hat.«

Als Antwort lachte Tamo.

»Wir sollten erst einmal einen Weg hier heraussuchen«, sagte Kion.

»Oh. Ich habe einen gefunden.« Das kleine Abenteuer hatte Fabia vom Thema abgelenkt.

»Und wann wolltest du uns das sagen?«, fragte Tamo sarkastisch.

Fabia streckte ihm die Zunge heraus. »Hier entlang.«

Gemeinsam gingen sie zu dem kleinen Schattenblumenhain.

Freya klammerte sich wieder auf Tamos Rücken. »Oh, wie schön!«

Sie unterquerten den Baumstamm und Freya wandte sich an Fabia. »Danke! Ich hatte schon Angst, dass wir wieder klettern müssen.«

Fabia lächelte, erinnerte sie sich doch daran, dass Freya keine Höhen mochte. Sie machten sich auf den Rückweg und erreichten bald darauf den Eingang zum Tunnelsystem. Oben angekommen, drehte sich Fabia um und blickte über den Brennnesselwald. Jetzt, wo sie es hautnah erlebt hatte, kam ihr der Waldboden noch viel spannender vor. Sie mussten unbedingt bald wieder eine Expedition wagen! Auch, wenn sie auf einige der Erlebnisse gut und gerne hätte verzichten können.

Den Weg zurück fanden sie problemlos. Als sie an der letzten Kreuzung ankamen, sagte Freya: »Ich habe übrigens Stimmen gehört, als ich hier unten ankam.«

»Das muss Frau Buchwald gewesen sein«, meinte Tamo achselzuckend.

Dafür erhielt er einen leichten Klaps von Freya. »Kann gar nicht sein, es waren zwei Männerstimmen. Ich bin ihnen gefolgt, habe aber niemanden gefunden. Nur einen Raum mit einem frisch gemachten Moosbett. Darauf lag ein Teddybär mit nur einem Arm, total gruselig. Da bin ich lieber schnell zurückgelaufen.«

Kopfschüttelnd folgte Fabia den beiden die Treppe hinauf. Typisch Freya. Aber es klang interessant. Bedeutete das nicht, dass es weitere Eingänge in das

Tunnelsystem geben musste außer dem in ihrem Wohnzimmer? Das hatten Kion und sie bereits vermutet, da sie einige Abzweigungen nicht untersucht hatten. Dem würden sie auf den Grund gehen! Wer wusste, was es noch für spannende Dinge hier unten zu finden gab?

»Was sagen wir denn Mama, woher du die Pflanze hast? Die können wir uns gar nicht leisten! Ist dir dazu schon eine gute Ausrede eingefallen, du Füchsin?« Tamos Stimme hallte über die Stufen hinab.

»Natürlich.« Freya zischte beleidigt. »Ich sage einfach, wir beide haben einer alten Frau dabei geholfen, ihre Einkäufe nach Hause zu schleppen, und sie hat uns als Dank die Blüte geschenkt. Und nebenbei bin ich umgeknickt.«

Sie schlüpften ins Zimmer und Kion überprüfte, ob die Luft rein war. Tamo setzte Freya aufs Sofa und fixierte sie mit einem misstrauischen Blick. »Das klingt gut durchdacht. Seit wann bist du denn so gerissen?«

Mit einem überheblichen Grinsen sagte Freya: »Ich habe von einem Meister gelernt, Herr Obermacker.«

Die Pläne sind verschwunden!

Fabia schlug die Augen auf und bemerkte sogleich, dass etwas vorgefallen sein musste. Vor ihrem Zimmer hörte sie eilige Schritte und aufgeregte Stimmen. Ihr Blick fiel auf Kion, der sich just in dem Moment aufsetzte und die Stirn kräuselte.

»Was ist da los?« Sie rappelte sich auf. Gähnend öffnete sie die Tür und spähte hinaus. Von nebenan drang Stimmengewirr an ihre Ohren und gemeinsam mit Kion ging sie ins Wohnzimmer.

Es sah aus, als hätte jemand entschieden, die Inneneinrichtung ohne System umzustellen. Stühle waren beiseitegeschoben worden, Sofa und Sessel standen kreuz und quer, sogar den schweren Tisch hatte jemand durch den halben Raum geschoben. Schubladen standen offen und teilweise lag der Inhalt verstreut herum. Ein Haufen älterer Zeitungen war in seine Bestandteile zerrupft worden und die einzelnen Seiten flogen überall herum.

Mitten im Zimmer standen Rup und Lara und diskutierten hitzig mit einem Polizisten. Ihre Blicke fielen auf die Zwillinge und Lara kam auf sie zu. »Habt ihr heute Nacht etwas mitbekommen?«

Bestürzt betrachtete Fabia das Chaos und schüttelte den Kopf. »Was ist geschehen?«

»Hier wurde eingebrochen.« Rup ließ sich ächzend auf den Sessel nieder. Prompt hatte er sich auf mehrere Seiten Papier gesetzt und zog sie unter seinem Gesäß hervor. Ein schneller Blick genügte und er warf sie achtlos beiseite. »Die Manuskripte für den Rup-Speicher sind weg.«

»Was?« Kion japste erschrocken.

Fabia schwindelte es, ihre Beine fühlten sich an wie frisches Harz. »Deine Pläne sind weg? Aber Papa …«

Sie konnte nicht weitersprechen. Wie furchtbar! Matt ließ sie sich ihrem Vater gegenüber auf das Sofa fallen und sah sich sprachlos um. Erst der Einbruch im Labor und jetzt das! Der Polizist verließ den Raum und man konnte ihn nebenan arbeiten hören.

»Aber wer sollte denn deine Pläne klauen?«, fragte Kion misstrauisch.

Rup hob die Arme. »Keine Ahnung, wenn ich das wüsste. Eigentlich wusste auch niemand, dass ich sie mit nach Hause genommen habe. Ich wollte im Bett noch etwas lesen und …«

Er erstarrte mitten im Satz. Keine Sekunde später sprang er wie von der Tarantel gestochen auf und rannte aus dem Raum.

Sie konnten ihn im Schlafzimmer hantieren hören. Seufzend ließ sich Lara neben Fabia aufs Sofa fallen und legte eine Hand auf ihr Knie. »Wenigstens ist euch nichts passiert.«

Fabia lehnte sich an ihre Mutter und versuchte, sich zu beruhigen. Der Schreck war ihr so in die Glieder gefahren, dass sie ihren Herzschlag bis zum Hals spürte.

»Na also!« Schritte erklangen und Rup tauchte im Türrahmen auf. In seiner Hand hielt er einen unordentlichen Haufen Papiere, mit denen er auf und ab winkte. »Ich wusste doch, ich hatte einen Teil unter mein Kopfkissen gelegt.«

»Sind das die Pläne?« Hoffnungsvoll blickte Kion auf und sah begierig auf die Zettel.

»Jedenfalls die zweite Hälfte«, sagte Rup und lächelte müde. »Ich wollte mir gestern noch einmal die endgültige Form ins Gedächtnis rufen, daher lagen die Pläne zum Teil bei mir am Bett.«

Trotz der positiven Nachricht konnte Fabia der gesamten Situation nichts Gutes abgewinnen. Bei ihnen war eingebrochen worden. Hätte man es nicht vorhersehen können, nachdem das Labor durchwühlt worden war?

»Sie haben etwas gefunden?« Der Polizist kehrte ins Wohnzimmer zurück.

»Ja. Ich hatte ein paar der Blätter mit im Bett«, sagte Rup strahlend.

Der Polizist schaute verdutzt auf Rup, dann auf die Papiere. »Gut. Wenn wir wissen, wie diese Hälfte des Manuskripts aussieht, können wir besser nach der anderen fahnden.«

Er kritzelte etwas in ein kleines Notizbuch.

»Wie sind die Einbrecher in die Wohnung gekommen?«, fragte Kion. »Durch die Eingangstür?«

»Vermutlich.« Lara streichelte Fabias Knie. »Die Tür war von innen abgeschlossen. Jemand muss einen Zweitschlüssel haben.«

Fabia widerstand dem Drang, einen Blick mit Kion zu tauschen. Bei den Worten ihrer Mutter war ihr ein Gedanke durch den Kopf geschossen: Der Geheimgang! War der Eindringling darüber hinein gelangt? Mussten sie den Eltern davon erzählen?

»Wollen wir dann los?« Rup sah den Polizisten an.

»Wohin denn?«, fragte Kion stirnrunzelnd.

»Euer Vater muss zur Wache. Dort muss er noch einmal aussagen.« Lara sah ihren Mann länger an. »Ich begleite dich.«

Sie wandte sich an Fabia und Kion. »Ist es in Ordnung, dass ich mitgehe? Ich mache Frühstück, wenn wir wieder da sind.«

Fabia nickte bloß, ein Kloß im Hals hinderte sie am Sprechen.

»Nimm den Rest der Pläne mit, Schatz. Das ist sicherlich wichtig, nicht wahr?«, wandte sich Lara an den Wachtmeister. Der nickte zustimmend und schritt voraus zur Tür.

»Ich zeig doch nicht noch mehr Arbolden meine Erfindung!« Rup ließ sich murrend von Lara aus der Wohnung bugsieren.

***

Fabia blieb im Sessel sitzen und starrte mit leerem Blick vor sich hin. Was würde mit Papas Maschine geschehen, wenn jemand anderes die Pläne besaß? Ohne Frage würde Rup die Aufzeichnungen erneut niederschreiben können, aber der Dieb könnte sie verkaufen. Wenn ein anderer Wissenschaftler sie in die Finger bekam, könnte er den Speicher nachbauen. Wenigstens war die zweite Hälfte in Sicherheit.

Ihr Bruder begann, die Zeitungsseiten vom Boden und dem Mobiliar zu pflücken und in einer Ecke des Raumes zu sammeln. Sie erhob sich vom Sofa und half ihm, indem sie die Stühle aufrichtete. Das Zimmer sah bald wieder bewohnbar aus, aber das Arbeitszimmer machte einen schlimmen Eindruck.

Nach über einer Stunde hatten sie den zweiten Raum fertig aufgeräumt und setzten sich ins Speisezimmer. Kion hatte Tee gekocht, den sie schweigend tranken.

»Hätten wir ihnen von dem Geheimgang erzählen müssen?«, fragte Fabia und kaute auf der Unterlippe herum.

»Ich weiß nicht.« Kion wirkte nachdenklich, dann brach es aus ihm heraus: »Warum hat Papa die Pläne nicht besser versteckt? Immerhin wurde bereits im Labor eingebrochen! Das hätte er viel ernster nehmen müssen. Warum haben *wir* nicht daran gedacht?«

Fabia konnte ihn verstehen, doch sie schüttelte den Kopf: »Da dran ist niemand schuld, außer der Dieb selbst. Papa ist manchmal einfach zu leichtsinnig und wir beide … hatten den Kopf voll mit Geheimgängen und Abenteuern.«

Schlechtes Gewissen breitete sich in ihr aus. Während ihr Vater dem möglichen Ruin entgegen schlitterte, hatte sie nichts anderes im Sinn gehabt, als endlich ein spannendes Erlebnis zu haben. Hoffentlich würden die Pläne rasch wieder auftauchen! Sie gönnte es ihrem Vater so sehr, endlich Erfolg zu haben!

***

Ihre Eltern hatten keine guten Neuigkeiten, als sie zurückkehrten. Es gab keinerlei Hinweise auf einen möglichen Verdächtigen.

»Sie haben unheimlich viele Fragen gestellt und wollen sich umhören.« Rup ließ sich seufzend aufs Sofa nieder. Lara machte ihnen das versprochene Frühstück und lenkte sich danach ab, in dem sie in der Küche ihren Frühjahrsputz begann. Frustriert entschlossen sich Fabia und Kion am Nachmittag, der Situation zu entkommen und machten einen Spaziergang.

»Ich kann das immer noch nicht glauben«, murmelte Fabia bedrückt. »Was meinst du, geschieht, wenn die Pläne für immer verschwunden sind?«

Kion antwortete mit einiger Verzögerung. »Wenn die Pläne nicht gefunden werden, kann Papa sie sicherlich ein weiteres Mal aufzeichnen. Doch was ist, wenn der Dieb genau weiß, was er da in Händen hält? Und davon gehe ich aus. Sonst wären noch andere Dinge abhandengekommen und nicht nur Papas Forschungsergebnisse. Der Verbrecher wird die Pläne entweder selbst verhökern oder aber er hat für einen Auftraggeber gehandelt. Wir können auf jeden Fall sicher sein, dass die Pläne an jemanden gehen, der Ahnung von der Materie hat.«

»Und der kann dann vielleicht Papas Speicher nachbauen und sie vor ihm verkaufen«, vollendete Fabia düster den Gedankengang ihres Bruders.

»Entengrütze. Dann kann Papa seinen spärlichen Rest von Ansehen ins Moor werfen. Es wird ihm keiner glauben, wenn er darauf besteht, dass es seine Erfindung ist, sobald jemand anders das Patent angemeldet hat.«

Je länger sie darüber sprach, desto größer wuchs der unangenehme Kloß in Fabias Hals an. Tränen der

Hilflosigkeit und Wut stiegen ihr in die Augen und sie wischte sie zornig weg.

Aus heiterem Himmel sagte Kion: »Ich möchte noch einmal in den Geheimgang.«

Fabia blickte ihn an und wunderte sich über seine finstere Miene. Normalerweise war Kion ausgeglichen und konnte jeder Situation Gutes abgewinnen. Dieses Mal schien ihn sein Optimismus im Stich zu lassen. Es kam Fabia gerade recht. Auch sie verspürte den inneren Drang, erneut hinabzusteigen. Eventuell würden sie ein Zeichen des Einbrechers entdecken? Mit schlechtem Gewissen dachte sie an ihre Eltern. Wenn sie herausfanden, dass Fabia und Kion mehrmals in dem fremden Tunnelsystem herumgestromert waren, würde es großen Ärger geben. Sie hatten auch verbotenerweise den Erdboden betreten. Daran wollte Fabia in diesem Moment nicht denken.

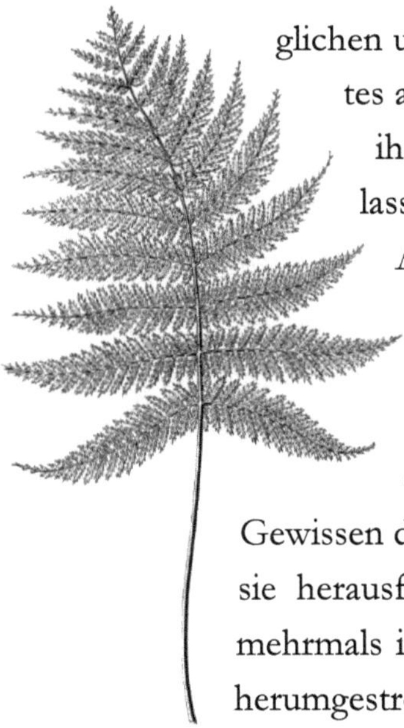

Eine erste Spur

Am Sonntag saßen Fabia, Kion und Tamo bei den Zwillingen im Zimmer und unterhielten sich über den letzten Ausflug.

»Hat eure Mutter die Ausrede mit der alten Frau geschluckt?« Fabia streckte sich auf ihrem Bett aus.

Mitten im Zimmer saß Tamo auf dem Boden. »Ja. Sie war eher besorgt über Freyas Knöchel. Und natürlich zutiefst berührt darüber, dass sich Freya so viele Gedanken um sie macht. Ich glaube, der Aufguss aus dieser Blüte hat ihr gutgetan. Heute Morgen wirkte sie so energiegeladen wie schon lange nicht mehr.«

Kion lächelte. »Wunderbar.«

»Und was ist mit euren Schrammen?«, fragte Tamo und beäugte Fabias hochgekrempelten Arme.

Sie strich sich gedankenverloren über die Kratzer. »Zuerst haben wir lange Sachen getragen, um sie zu verbergen. Aber jetzt ist es einfach nicht mehr wichtig.«

Es klopfte an der Tür und Rup schaute herein. »Wir gehen zum Markt. Wollt ihr jungen, aktiven und lässigen Kinder uns antike, zittrige und vergessliche Alte begleiten?«

Fabia grinste. »Nein danke. Wir würden euch nur langweilen.«

»Schade«, sagte Rup strahlend und schlug die Tür hinter sich zu.

»Er hätte auch einfach sagen können, dass sie uns nicht dabeihaben wollen«, stellte Tamo belustigt fest. Seine Miene wurde ernst. »Er trägt den Diebstahl mit Fassung.«

Kion zuckte mit den Achseln. »So ist er. Nach außen hin wirkt er ruhig und gelassen. Aber wir haben ihn und Mama gestern lange diskutieren gehört.«

»Entengrütze.« Tamo konnte nicht lange seriös bleiben. »Aber ihr Ausflug ist perfekt für uns. Dann können wir der Beobachtung Freyas nachgehen.«

Sie hatten beschlossen, nach dem Raum mit Bett und Teddybär zu suchen. Vermutlich suchten sie einen Grund, erneut hinab zu steigen. Das war auf jeden Fall Fabias Antrieb.

Sie sprang vom Bett und öffnete vorsichtig die Tür zum Flur. »Die Luft ist rein!«

Kion besorgte flugs einen neuen Helmling und schulterte seinen Rucksack. Sie öffneten den Geheimgang und stiegen die Stufen hinab.

»Okay«, sagte Tamo. »Dieses Mal also hier entlang.«

Aufgeregt bildete Fabia das Schlusslicht. Sie passierten weitere alte Wohnungen und mehrere Kreuzungen. Auch eine Treppe nach oben fanden sie. Die verengte sich auf der Hälfte derart, als hätte jemand die Wände zusammengedrückt. Sie kehrten zurück in den Gang, markierten die Treppe mit einem X und schlugen einen anderen Weg ein.

Nach einer Stunde suchen sahen sie einander ratlos an. Sie hatten viele weitere Abzweigungen gefunden und waren mehrmals an bekannten Stellen herausgekommen.

»Es ist zum Blattläuse melken. Das kann doch nicht wahr sein«, stöhnte Tamo. »Ich hätte Gigant mitbringen sollen.«

»Wo ist sie denn?«, fragte Fabia. Sie vermisste die lebhafte Fledermaus.

»Freya wollte unbedingt jemanden zum Spielen da behalten.«

»Ach, ein bisschen Suchen hat noch niemandem geschadet«, sagte Kion mit rosigen Wangen. »Lasst uns noch diesen Gang hier ausprobieren. Und wenn wir nichts finden, gehen wir zurück.«

Nachdem sie dem zugestimmt hatten, drehte er sich um und betrat den nächsten Gang.

Fabia zuckte zusammen. Was war das für ein Geräusch? »Habt ihr das gehört?«

»Was denn?«, fragte Tamo.

Die beiden Jungen hielten ebenfalls an und lauschten in die Dunkelheit.

Stille legte sich wie ein Tuch über Fabias Ohren. Sie fragte sich, ob sie es sich eingebildet hatte. In diesem Augenblick erklang es erneut. »Da!«, zischte sie.

»Ich habe es auch gehört!«, sagte Kion leise. »War das … eine Stimme?«

Sie horchten eine halbe Ewigkeit, doch kein weiterer Laut drang mehr an ihre Ohren.

»Wir sollten weiter.« Tamo hatte den neuen Weg mit Kreide markiert.

Fabia schob sich an den beiden vorbei. Ihr war unheimlich zumute, da wollte sie nicht das Schlusslicht bilden. Der Tunnel verlief krumm und schief, sodass sie damit rechnete, jederzeit gegen eine Wand zu prallen. Hinter der nächsten Kurve blieb sie abrupt stehen. Ein paar Schritte vor ihr war eine Öffnung, durch die grün schimmerndes Licht in den Tunnel drang.

»Ein Ausgang?«, flüsterte sie fasziniert.

»Astrein, dann waren wir wenigstens etwas erfolgreich«, sagte Tamo begeistert und stellte sich neben Fabia. »Wo der wohl hinführt?«

Sie gingen vorsichtig auf die Öffnung zu. Das grüne Licht kam von einem Blatt, das den Eingang verdeckte. Von weit entfernt drangen Stimmen an ihre Ohren.

Man konnte sich unauffällig an dem Blatt vorbeischieben. Tamo überprüfte kurz, ob die Luft rein war, dann verließen sie den Baum. Sie befanden sich auf einer Spindeltreppe um den Stamm herum. Auf dieser Seite des Baumes wuchs eine Efeupflanze empor und eines ihrer Blätter bedeckte perfekt den Eingang.

»Wo sind wir?«, fragte Kion und verstaute den Helmling in seinem Rucksack.

»Lasst uns nachschauen«, sagte Tamo achselzuckend und sie folgten dem Weg hinauf. Die Stimmen wurden lauter. Vor ihnen endete die Treppe auf einer Plattform, wo ein paar Arbolde betriebsam umher eilten. Mittig lag ein riesiges, behaartes Etwas. Es besaß schwarze und rote Punkte und lange Borsten, die wie Stacheln in alle Richtungen abstanden.

Fabia verspürte eine Gänsehaut bei dem Anblick. Die Arbolde mussten Jäger sein und das Ding eine erlegte Raupe. Einer der Männer ging auf das verendete Tier zu und zückte ein großes Messer. »Lasst uns wieder gehen.« Fabia sah weg. Sie bekam Magengrummeln vom Anblick der toten Raupe.

»He, den kennen wir doch«, sagte Kion überrascht.

Das brachte Fabia dazu, sich doch umzu-drehen. Verblüfft erkannte sie, dass ihr Bruder recht hatte. Am Fuße der Spindeltreppe ihnen gegenüber sah sie den Mann mit dem fehlenden Fühler, in den sie vor Papas Labor hineingerannt war. Was machte der hier? Zu den Arbeitern gehörte er nicht. Sofort beschlich Fabia ein ungutes Gefühl.

»Er benimmt sich auffällig unauffällig«, kommentierte Tamo das Gehabe des Arbolds.

Der Fremde blickte sich verstohlen um und eilte die Treppe hinauf.

Fabia tauschte einen schnellen Blick mit Tamo und Kion.

»Hinterher«, sagten die beiden Jungen im Chor.

Sie liefen über die Plattform, um den Arbold nicht aus den Augen zu verlieren. Dabei kamen sie dicht an der toten Raupe vorbei. Die Arbeiter warfen ihnen skeptische Blicke zu, widmeten sich jedoch schnell wieder ihrer Arbeit.

Fabia blickte auf ihre Füße und atmete flach. Endlich war sie an dem Ungetüm vorbei und konnte beruhigt aufschauen. Der Fremde war der Treppe aufwärts gefolgt und nicht mehr zu sehen. Sie begann zu laufen. Schnaufend erreichte sie kurz nach Tamo und Kion Ebene Zwölf, auf der weitaus mehr Arbolde umherliefen.

»Da hinten.« Tamo zeigte auf die Krabbelbahn. Der Fremde bestieg einen Allzeitenkäfer und ließ sich die Baumrinde empor tragen.

Fabia atmete zu heftig, um zu fluchen. Sie eilte hinter den beiden anderen her, die auf das nächste Insekt kletterten und ihm den Befehl zum Loskrabbeln übermittelten. Als sie zur Bahn gelangte, musste sie auf den nächsten Käfer warten und konnte ausruhen.

Ein dicker Riesenmistkäfer ließ sie aufsteigen und sie nahm Kontakt zu ihm auf. Das Tier bemerkte, wie eilig Fabia es hatte und legte einen Zahn zu. Derweil hielt Fabia nach den Jungen Ausschau und erblickte schließlich Kion, der ihr zuwinkte.

Auf seiner Höhe angekommen, bedankte sie sich bei ihrem Krabbler und stieg hurtig ab. Tamo war nicht zu sehen.

»Wo sind sie hin?«, ächzte sie.

»Hier entlang.« Kion führte sie in den Baum hinein und einen Tunnel entlang.

Sie erreichten eine große Halle, die Fabia als Handelskammer identifizierte. Hier trafen sich die Vertreter der verschiedenen Sektoren, um mit ihren Waren zu handeln. Eine Gruppe Arbolde ging geschäftig plaudernd an ihnen vorbei. Fabia glaubte, etwas vom Blaubeer-Import zu hören. An einem Stand diskutierte ein Schmied mit einem Handwerker über den Preis eines Hammers, der neben ihnen an der Wand lehnte. Am anderen Ende des Raumes befand sich die Rotkehlchen-Post. Von dort aus konnte man Briefe und Pakete in andere Städte abschicken. Außerdem war dort ein Schalter, an dem man unterschiedliche Transportmittel buchen konnte. Dort entdeckte sie Tamo.

Er hatte die Hände in die Hosentaschen gesteckt und schlenderte an den Holzschildern vorbei, auf denen die Versandpreise für unterschiedlich große Pakete zu lesen waren. Während er vorgab, die Angebote zu studieren, näherte er sich dem Schalter.

Der Fremde unterhielt sich mit der Frau hinter dem Schalter und reichte ihr etwas, vermutlich Boldstücke. Als Gegenleistung reichte sie ihm eine Karte. Der Mann drehte sich um und eilte an Tamo vorbei, ohne ihn eines Blickes zu würdigen. Tamo hatte sich absichtlich vorgebeugt und gab vor, seine Schnürsenkel zu binden.

Fabia sah dem Mann hinterher, der sich unter die Leute mischte und aus der Kammer verschwand. Erwartungsvoll blickte sie zu Tamo, der just in dem Moment zu ihnen stieß.

»Er hat sich eine Fahrkarte gekauft«, sagte er aufgeregt. »Für die Untergrundbahn. Nach Wurzelingen.«

»Wo liegt das?«, fragte Kion stirnrunzelnd und sprach damit Fabia aus der Seele.

»Das liegt etwa drei Stunden mit der Bahn südlich von hier«, gab Tamo Auskunft. »Mein Cousin Konstantin wohnt dort, ich war schon mehrmals da. Wisst ihr was? Ich schicke ihm Gigant mit einer Botschaft und frag ihn, ob er den Typen kennt. Wurzelingen ist ein kleines Kaff, da kennt bestimmt jeder jeden.«

Sie verließen die Handelskammer und machten sich auf den Weg zurück. Fabia grübelte vor sich hin. »Was er da wohl will?«

»Vielleicht wohnt er da?«, überlegte Kion. »Oder er besucht jemanden.«

»Wahrscheinlich nehmen wir diese Begegnung sowieso viel zu ernst.« Fabias Gefühl jedoch – oder war es die verrückte Hoffnung auf ein weiteres Abenteuer? – sagte ihr, dass dieser Mann wichtig war, eine Bedeutung hatte. Zumindest wollte sie es glauben.

Ohne Schwierigkeiten gelangten sie zurück zur Plattform, die als Ebene Sieben ausgeschildert war. Die Jäger waren dabei, die Raupe zu zerteilen und Fabia starrte eisern zum Boden, bis sie vorbei waren. Erfreulicherweise fanden sie sogleich den Einstieg ins Tunnelsystem und tauchten in die Dunkelheit ein.

Kion befreite den Helmling aus seinem Rucksack und erleuchtete den Weg.

»Schade, dass wir den Raum nicht entdeckt haben. Aber ein Ausgang ist noch besser.« Tamo drehte sich zu Fabia und Kion um und ging rückwärts weiter. »Das bedeutet aber, dass der Dieb wirklich durch den Geheimgang in eure Wohnung eingedrungen sein könnte.«

Daran hatte Fabia nicht gedacht. Es war durchaus möglich, dass einige Arbolde in Buchenhain von den Tunneln und ihrem Zugang wussten.

Zurück im Wohnzimmer schlossen sie sorgfältig die Geheimtür und setzten sich ins Zimmer der Zwillinge.

»Hoffentlich finden sie Papas Pläne.« Fabia ließ sich seufzend auf ihr Bett fallen. »Wenn sie denn überhaupt eine Spur finden.«

»Wird er seinen Rup-Speicher dann vermarkten?«, fragte Tamo interessiert.

»Ja«, antwortete Kion. »Und das wird mit etwas Glück seinen Ruf wiederherstellen.«

Tamo grinste. »Oh. Das heißt, ihr beiden gehört dann zu den beliebten Kinderchen in unserer Klasse und ich stehe wieder ganz allein da?«

»Genau.« Nur zu gerne ließ sich Fabia von ihren düsteren Gedanken ablenken. »Ich erkläre dann Kaja zu meiner besten Freundin und Kion wird sich vor lauter süßen Mädels nicht mehr retten können. Aber hey, du hast doch immer noch deine Ammenmärchen.«

Als Dank für diese Worte schleuderte Tamo ihr ein Kissen gegen den Kopf.

»Was ist denn hier los?«, ertönte da eine Stimme von der Tür. Lara lächelte in die Runde. »Mögt ihr einen Tee mit uns trinken?«

Erschrocken sprang Tamo auf. »Entengrütze. Ich sollte ja heute Nachmittag zu Hause sein. Ich muss los! Bis demnächst!«

Neue Pläne

»Guten Abend. Kommen Sie doch herein.« Rup geleitete den Polizisten ins Esszimmer und bot ihm einen Stuhl an. Am Tisch saßen Lara, Kion und Fabia und sahen gespannt zu ihrem Besucher. Auf dem Tisch stand ein Topf mit dampfender Suppe. Sie hatten gerade zu Abend essen wollen, als es klingelte.

Fabia spürte ihren Magen flattern. Hatten sie den Dieb gefasst?

»Herr Buchwald«, sagte der Polizist. »Wir haben uns in den vergangenen Tagen mit Ihren Informationen zum Diebstahl befasst und sind auf eine Spur gestoßen. Sie haben uns die Firma Weidmann genannt. Der Chef der Entwicklungsabteilung hat Ihnen das Angebot gemacht, die Lizenz Ihrer Erfindung abzukaufen. Uns kam es verdächtig vor, dass kurz danach der Einbruch stattgefunden hat. Aus diesem Grund haben wir uns dort umgehört.«

Fabias Anspannung stieg. Daran hatte sie nicht mehr gedacht. Dabei hatte Papa ihnen das vor Kurzem erst erzählt.

Der Beamte öffnete sein Notizbuch. »Heute Nachmittag wurde ein Tatverdächtiger festgenommen. Ein junger Mann, der ein Motiv hat, aber kein Alibi vorweisen kann.«

Überrascht beugte Fabia sich vor. Wer wollte Papa ruinieren?

»Der Vorsitz versichert, dass die Firma mit der Sache nichts zu tun hat. Der Verdächtige beteuert seine Unschuld.« Der Polizist fand die richtige Seite in seinem Buch.

Ungeduldig wippte Fabia mit dem Fuß und fragte sich, warum er es so spannend machte.

»Der Mann heißt Raban Mooshammer. Sagt Ihnen der Name etwas, Herr Buchwald?«

Der Blick des Polizisten heftete sich auf Rups Gesicht.

»Der Nachname kommt mir bekannt vor.« Rup knetete nachdenklich seine Hände. »Wir hatten damals eine Mitarbeiterin mit dem Namen, Talia glaube ich. Sie wurde bei dem fehlgeschlagenen Experiment schwer verletzt.«

Betroffen starrte Fabia ihren Vater an. Er ließ seine Schultern hängen und wirkte betrübt. Das geschah selten, denn Rup war eine absolute Frohnatur. Sobald es um den Unfall vor ein paar Jahren ging, wurde er ernst.

Der Beamte nickte bestätigend. »Das ist die Mutter von Raban. Wir vermuten eine Racheaktion hinter dem Diebstahl. Wenn man ihn auf den Unfall anspricht, spürt man deutlich seine unterdrückte Wut. Leider konnten wir bei der ersten Durchsuchung seiner Wohnung keinerlei Papiere auffinden. Vielleicht hat er sie woanders versteckt. Doch das Wichtigste: Sie können wieder ruhig schlafen.«

Der Mann stand auf. »Wir werden Sie über Neuigkeiten sofort in Kenntnis setzen, Herr Buchwald. Einen schönen Abend.«

Lara brachte ihn zur Tür und kehrte zurück ins Esszimmer. Stille legte sich über die vier Personen, jeder hing seinen eigenen Gedanken nach.

Bevor Fabia äußern konnte, dass sie die Informationen des Polizisten nicht glaubte, klatschte Rup in die Hände. »Dann ist die andere Hälfte der Papiere ja in Sicherheit.«

Er begann, sich Essen auf den Teller zu schaufeln.

Die anderen folgten seinem Beispiel, jedoch gesitteter und nicht halb so gut gelaunt.

Fabia tauschte einen Blick mit Kion, der offenbar dasselbe dachte wie sie: Die Polizei hatte möglicherweise den Falschen. Es war zum Blattläuse melken! Sollten sie ihren Eltern von ihrer Beobachtung erzählen? Von dem fremden Mann?

Nach ihrer Verfolgungsaktion am Wochenende hatten sie beschlossen, es den beiden nicht zu erzählen. Es gab keinerlei Beweise, dass der Fremde etwas Böses beabsichtigte, nur, weil sie ihn im Labor und in der Nähe des Geheimgangs gesehen hatten.

Nach dem Essen sagte Lara deprimiert. »Wir müssen mit euch sprechen.«

Fabia sah ihre Mutter fragend an.

Sie hatte die Hände auf dem Tisch vor sich gefaltet und knetete ihre Finger. War sie nervös? »Wir wollten euch damit eigentlich nicht behelligen, aber euer Vater ist der Meinung, dass ihr alt genug seid, es zu erfahren.«

Man konnte ihr ansehen, dass sie dem nicht zustimmte. »Es wird bestimmt nicht soweit kommen, immerhin haben sie jetzt einen Verdächtigen gefunden. Bestimmt tauchen Papas Pläne bald wieder auf. Aber wenn das nicht geschieht, wenn Papa seine neue Erfindung nicht rausbringen kann, dann … Ich befürchte, dann müssen wir umziehen.«

Mit einem Mal schlug Fabia das Herz bis zum Hals. Umziehen? Ihr Zuhause verlassen? Durch ihren Kopf wirbelten viele Fragen, aber die wichtigste brach sogleich aus ihr heraus: »Wieso?«

Sie sah, wie Lara einen flehenden Blick zu Rup warf, der das Reden übernahm. Wie vorhin, als es um den Unfall ging, war er ungewöhnlich ernst. »Ihr wisst, dass wir jedes Boldstück dreimal umdrehen, bevor wir es ausgeben. Wir haben mit euch nie darüber gesprochen, denn wir sind die Erwachsenen und es liegt an uns, sich um solche Dinge zu sorgen. Durch den Rup-Speicher sollten sich unsere Geldsorgen im Walde verlaufen. Falls die Pläne nicht wiedergefunden und von wem anders als Neuheit präsentiert werden, haben wir all unsere Kapazitäten ausgeschöpft. Und dann wird uns nichts mehr übrigbleiben, als in eine kleinere Wohnung umzuziehen.«

Bevor Fabia etwas erwidern konnte, ergriff Lara erneut das Wort. »Aber macht euch bitte nicht zu viele Gedanken. Es wird sicherlich alles gut werden. Die Polizisten werden die Pläne bei diesem jungen Mann finden und dann kann Papa seine Erfindung bekannt geben.«

Das beruhigte Fabia nicht, im Gegenteil. Eine innere Unruhe packte sie und ließ sie nicht mehr los.

***

Nach dem Essen schlich sie in ihrem Zimmer herum, zu aufgewühlt, um sich zu setzen.

Kion warf sich aufs Bett und beobachtete sie eine Zeit lang.

»Was ist, wenn die Pläne nicht gefunden werden? Wenn der Verdächtige nicht der Täter ist? Was, wenn wir hier wirklich wegmüssen? So eine vermaledeite Entengrütze, das kann doch nicht wahr sein!« Sie schnaubte vor Frust und Wut. In ihrem Inneren wütete ein Herbststurm und wirbelte alles durcheinander. Ein Gedanke kristallisierte sich heraus, doch sie ignorierte ihn, bis er sie förmlich anschrie. Sie blieb abrupt stehen. Ein leichtes Zittern lag in ihrer Stimme. »Lass uns den Fremden suchen.«

»Was?« Er richtete sich auf seinem Bett auf und warf ihr einen lauernden Blick zu.

Konnte sie in seinem Gesicht denselben Leichtsinn entdecken, der sie gepackt hatte? »Wir wissen, wohin dieser Mann wollte, nicht wahr? Was ist, wenn er die Pläne aus der Stadt gebracht hat? Tamo sagte, Wurzelingen ist nicht besonders groß und jeder kennt jeden. Dann sollte es auch kein Problem sein, diesen Kerl ausfindig zu machen.«

Sie versuchte, sich mit ihren Worten zu überzeugen, das wusste sie genau. Aber sie schob es beiseite. »Und Tamo hat gesagt, dass wir gemeinsam zu seinem Cousin fahren können.«

Er schwieg für eine Weile.

Gespannt sie Fabia ihm die Zeit, die er brauchte. Sie erkannte, dass er alle möglichen Fragen und Szenarien im Kopf durchspielte. Kion machte so etwas immer mit sich aus.

Schließlich blickte zu ihr auf. »Ich weiß nicht, was genau wir uns davon erhoffen können.«

Sie ahnte, dass sie gewonnen hatte, und unterdrückte ein Grinsen.

Er sagte zögernd: »Aber vielleicht sollten wir das wirklich versuchen. Falls Mama und Papa es uns erlauben.«

»Lass mich mal machen, ich habe da eine Idee«, sagte sie lächelnd und gab ihm einen Wink, ihr zu folgen. Sie ging ins Wohnzimmer und sah ihre Eltern auf dem Sofa sitzen. Ein seltsames Gefühl hatte

Fabia gepackt. In ihr tobten die Gedanken über ihre mögliche Zukunft. Äußerlich war sie erstaunlich ruhig.

»Mama? Papa?« Sie wartete, bis sie die Aufmerksamkeit der beiden hatte. »Kion und ich haben eine Frage. Also … wir wissen ja, dass es momentan echt schwierig für uns alle ist. Der Diebstahl, die Wohnung, das Chaos im Labor. Und da haben wir gedacht, dass wir gerne einen Ausflug machen würden. Einfach mal raus.«

Sie holte Luft und sah, wie ihre Eltern Blicke tauschten. »Keine Sorge, nichts Teures. Tamos Cousin wohnt in einem kleinen Dorf namens Wurzelingen. Wir könnten mit dem Mäuse-Express hinfahren und bei seinem Cousin eine Nacht verbringen. Und ein Gruppenticket kostet in den Ferien nicht viel.«

Tatsächlich hatten sie während des Heimwegs durch das Tunnelsystem am Wochenende darüber gesprochen. Fabia hoffte, dass Tamo nichts gegen diesen Plan einzuwenden hatte. Jetzt hieß es, innerlich die Daumen zu drücken.

Für ein paar Augenblicke sagten ihre Eltern nichts, sondern sahen einander an. Dann blickte Lara von Kion zu Fabia. »Weiß Tamos Cousin von eurem Plan?«

Fabia riss sich zusammen, nicht gleich loszujubeln. Sie wusste genau, dass sie gewonnen hatten. Mama hatte den Köder geschluckt und den Ausflug so gut wie erlaubt. »Er hat Gigant mit einer Nachricht losgeschickt und wartet nur noch auf die Antwort.«

Erneut blickten die Eltern einander an. Schließlich nickte Lara. »Wenn er sich meldet und seine Eltern auch einverstanden sind, könnt ihr fahren.«

»Danke, Mama!« Fabia grinste übers ganze Gesicht.

Zurück in ihrem Zimmer setzte sie sich aufs Bett. Das Hochgefühl verebbte in Windeseile. Sie fühlte sich ausgelaugt und mies. Das schlechte Gewissen drängte sich mit aller Macht an die Oberfläche. Sie führten ihre Eltern an den Fühlern herum. Dass sie keine direkte Lüge erzählt hatten, machte es nicht besser. »Ich fühl mich schrecklich.«

Kion seufzte. »Ich mich auch. Ich hoffe, dass wir den Mann nicht finden und die Pläne wieder aufgetaucht sind, wenn wir zurückkommen.«

Fabia legte sich ins Bett und starrte an die Decke. Sie sprach es nicht aus, aber sie hoffte – und ignorierte dabei das brodelnde Gewühl in ihrem Inneren – auf ein weiteres spannendes Abenteuer. Vielleicht fanden sie die Papiere bei dem fremden Mann zu Hause. Dann konnten sie ihrem Vater seine Erfindung wiederbringen. Das wäre eine Ankunft! Mit diesem Gedanken schlief sie schließlich ein.

Die Fahrt mit dem Mäuse-Express

Am Mittwoch stand Fabia mit den Jungs und Gigant in der Haupteiche von Buchenhain auf der zehnten Etage und blickte sich aufgeregt um. Die Nano-Fledermaus hatte die positive Antwort Konstantins überbracht und so fuhren sie tatsächlich nach Wurzelingen. Sie hatten sich ein Gruppenticket gekauft und warteten darauf, dass es losging.

Eine junge Frau in einer braunen Uniform stand vor dem Aufzug und sprach zu den Umstehenden. »Der Transport nach Derbholz über Biotopien und Wurzelingen fährt bald ab. Wir bitten Sie, sich in einer Reihe aufzustellen und in der nächsten Kabine bis in den Untergrund zu fahren. Der Mäuse-Express wünscht ihnen eine angenehme Fahrt.«

Fabia kaute auf ihrer Unterlippe herum und wischte sich ihre feuchten Finger unauffällig an der Hose ab. Sie war noch nie mit dem Express gefahren und fühlte es in ihrem Bauch rumoren. Während sie sich in die Warteschlange einreihten, spielte sie am Trageriemen ihres Rucksacks herum.

»Nervös?« Tamo hatte sich grinsend zu ihr umgedreht.

»Nein!« Sie verschränkte die Arme vor der Brust. Sie zwang ihre Hände, nicht mehr herumzuspielen. Stattdessen begann sie mit dem Fuß zu wippen, wie sie ärgerlich feststellte.

»Was siehst du mich so finster an? Ich dachte, die Zeiten hätten wir hinter uns gelassen.« Tamo hatte ein ernstes, trauriges Gesicht aufgesetzt, doch seine zuckenden Fühler verrieten, dass er sie foppte.

»Nichts da«, ließ sie sich auf sein Spielchen ein. »Nur, weil wir es dir erlauben, mit uns abzuhängen, bedeutet das noch lange nicht, dass wir jetzt Freunde sind.«

Sie bemühte sich, hochnäsig zu wirken. Das war nicht so einfach, denn auch sie kämpfte darum, nicht gleich loszuprusten.

Sie stiegen in eine Kabine, die in einem Rutsch nach unten fuhr. Mit dem Hauptaufzug der Eiche war Fabia noch nie gefahren und sie war von der Größe der Kabinen beeindruckt. Durch leuchtende Hallimasche an der Decke konnten sie alles problemlos sehen.

»Wie wird der Aufzug eigentlich angetrieben?« Sie strich mit der Hand über die Holzwand.

Tamo antwortete ihr. »Durch einen Flaschenzug. Er wird durch Mäuse in einem Laufrad angetrieben.«

Sie schaute ihn so skeptisch an, dass er lachte. »Das ist nicht ausgedacht. Das hat Freya mir heute beim Frühstück erzählt.«

Kopfschüttelnd lächelte sie. Ihre Gedanken huschten zu ihrem Morgen und das Lächeln tröpfelte aus ihrem Gesicht. In den letzten Stunden hatte sie mit Kion viel diskutiert. Immer wieder war es darum gegangen, ob sie das Richtige taten. Sie hatten sich gegenseitig versichert, dass nichts dagegen sprach, einen Tag mit Konstantin zu verbringen. Sollten sie keine Spur von dem Mann finden, hätten sie einen schönen Ausflug, von dem sie berichten könnten.

Konstantin hatte Tamo geschrieben, dass er sich wegen des Fremden umhörte. Vielleicht würde er ihnen bei ihrer Ankunft mehr verraten können.

»Wir sind da!« Kion sprang aus der Kabine. Die beiden anderen folgten dicht dahinter. Über ihnen flatterte Gigant aufgeregt umher.

Gespannt blickte sich Fabia um. Der Raum war riesig und viele Arbolde liefen geschäftig umher. Sie fühlte sich an den Ameisenhügel aus dem Brennnesselwald erinnert. Mittig standen mehrere Bänke zum Ausruhen, doch Fabia hatte einzig und allein Augen für die Fahrbahn. Links und rechts des Raumes erstreckte sich je eine mit einem Zaun abgesteckte Bahn. Auf der Strecke stand ein nach oben offener Wagen auf sechs Rädern. Davor war eine Maus in ein Geschirr gespannt.

Fasziniert trat Fabia auf das Tier zu. Sie hatte noch nie eine Maus aus der Nähe gesehen. Wenn sie lange genug auf der Spindeltreppe vor ihrem Zuhause saß und den Waldboden beobachtete, tauchte manchmal eine auf. Doch sie aus einer größeren Entfernung zu sehen war anders, als direkt vor ihr zu stehen.

Die Maus saß auf den Hinterbeinen und ließ ihre Schnauze schnuppernd umherwandern. Die großen Ohren zuckten und die schwarzen, runden Augen blickten munter umher. Immer wieder ließ sie ein leises Fiepen ertönen. Fabia musste den Kopf in den Nacken legen und war fürs Erste sprachlos.

»Sehr verehrte Fahrgäste!« Ein Mann neben dem Gefährt hielt sich ein Sprachrohr vor den Mund. »Bitte steigen Sie in den Wagen. Der Mäuse-Express wird in wenigen Augenblicken losfahren.«

Fabia gesellte sich zu den beiden Jungen. Sie kletterten hinter einer älteren Dame in den Wagen und setzten sich nebeneinander in eine der vorderen Sitzreihen.

Aus ihrer Position konnte Fabia die Maus weiter betrachten. Bewundernd ließ sie ihre Augen über das dunkelbraune, glänzende Fell wandern. »Was für ein schönes Tier!«

Ein Mann bestieg vorne den Wagen und setzte sich auf den Fahrersitz. Er nahm die Zügel in die Hand und pfiff in voller Lautstärke. Sogleich ließ sich die Maus auf alle Viere nieder und zuckte mit den Ohren. Der Fahrer bewegte seine Fühler und die Maus reagierte darauf. Mit trippelnden Schritten hoppelte sie los, ein Ruck ging durch den Wagen. Der Nager beschleunigte und sie nahmen Fahrt auf. Schnell ließen sie den Bahnhof hinter sich und tauchten in einen Tunnel ein.

»Astrein.« Fabia ließ ihren Blick wandern. Die hölzerne Decke flog an ihnen vorbei, dann wurde es abrupt dunkler. Sie waren nicht mehr im Baum, sondern sausten durch das Erdreich. Sie rasten durch die Tunnel. Immer wieder konnte Fabia seitliche Abzweigungen erkennen. Ab und an legte sich die Maus in eine Kurve und der Wagen schlingerte bedenklich.

Die erste Anspannung wich aus Fabia und machte etwas anderem Platz: Freude.

Hinter ihnen beschwerte sich die ältere Dame von vorhin lauthals: »Müssen sie denn immer so hetzen? Hätte man nicht andere Tiere für diese Arbeit finden können? Maulwürfe eventuell. Oder Ameisen. Einfach ein paar hintereinander schnallen und gut ist. Mir wird ganz schwummrig.«

Tamo drehte sich zu ihr um und lächelte sie verschwörerisch an. »Ich habe gehört, drüben auf der anderen Großbachseite, da haben sie Rennschnecken. Die sind furchtbar schnell, aber durch ihr Gekrieche ist die Fahrt nicht so ruckelig. Das soll viel angenehmer sein als ein Mäuse-Express.«

»Ist nicht wahr!« Die Dame sprang sofort auf Tamos Worte an.

Fabia, die kurz nach hinten geschaut hatte, wandte sich um. So konnte die Dame ihr Grinsen nicht sehen. Typisch Tamo. Er konnte einfach nicht anders.

»Es scheint zu wirken«, sagte Kion leise und begegnete ihrem Blick. »Sie ist abgelenkt.«

Sie verstand. Ausnahmsweise wollte Tamo gar nicht mit seinen fantastischen Geschichten angeben, sondern die Frau ablenken, damit sie die Fahrt besser überstand. Mit der Aktion stieg sein Ansehen bei ihr enorm. Das war nicht das erste Mal, dass Tamo sich einfühlsam zeigte.

Mit einem Ohr lauschte sie den abstrusen Erzählungen Tamos, während sie die Maus beobachtete. Das Nagetier musste sich hier unten gut auskennen, so wie es durch die engen Gänge preschte.

Mit einem Mal weitete sich der Tunnel und sie staunte. Sie waren in eine riesige Höhle gefahren, deren Wände aus rohem Stein bestanden. Durch mehrere kleine Löcher in der Decke fiel Licht hinein und begeistert betrachtete sie die Felsformationen um sich herum. An den Stellen, die das Licht berührte, wuchsen Pilze und Flechten.

Vor ihr tauchte etwas auf, was ihr Herz kurz zum Stocken brachte. Es hämmerte daraufhin doppelt so schnell wie zuvor und sie hielt sich vor Schreck die Hand vor den Mund.

Sie schossen bergab auf einen Abgrund zu. Eine bodenlose, schwarze Schlucht. Erst im letzten Augenblick entdeckte Fabia die schmale Brücke, die hinüberführte. Die Maus drosselte ihr Tempo keineswegs, sondern legte im Gegenteil noch einen Zahn zu. Mit Schwung landete der Wagen auf der Brücke und sauste über die Spalte hinweg.

Fabia zwang sich, die Augen offenzuhalten. Bevor sie in Panik verfallen konnte, hatten sie die Schlucht hinter sich gelassen und holperten weiter über die steinige Bahn. Der unterirdische Gang verengte sich, kein Licht drang mehr von der Erdoberfläche hinab.

Am Ende des Tunnels sah sie ein grünliches Schimmern. Sie kniff die Augen zusammen und beugte sich nach vorne. Das Licht kam näher und Fabia konnte mehr erkennen. Kurz darauf fegten sie in eine weitere Höhle hinein. Die unterschied sich von der vorigen wie Tag und Nacht. Alles war in grünes Licht getaucht und verlieh der Umgebung eine geheimnisvolle Atmosphäre. Sie sah Wurzeln, die von der Decke bis zum Boden reichten und sich dort in die Erde gruben. An den Wänden und auf dem Grund wuchsen dachziegelartig übereinandergeschichtete Pilze. Von ihnen ging das grüne Licht aus.

Sie hatte noch nie derartige Pilze gesehen. Voller Staunen bekam sie kein Wort heraus, dabei gingen ihr so viele Gedanken durch den Kopf. Bevor sie einen davon formulieren konnte, hatten sie das Ende der Höhle erreicht und tauchten in die Dunkelheit des nächsten Ganges ein.

»Wahnsinn«, flüsterte Kion.

Der Mäuse-Express verlangsamte sich. Immer ruhiger wurde die Fahrt und nach der nächsten Kurve konnte Fabia erneut Licht ausmachen. Der Wagen fuhr in einen Bahnhof ein, in dem emsiges Treiben herrschte. Gut drei Dutzend Arbolde eilten hektisch umher, einige mit Koffern und Taschen.

Der Bahnhof war ungeheuer ausladend. Die steinernen Wände bedeuteten, dass er sich nicht wie in Buchenhain in einem Baum befand, sondern in einer Höhle. In regelmäßigen Abständen standen Laternen mit Leuchtmoos, sodass die gesamte Halle ausgeleuchtet war. Es gab sechs Bahnsteige und auf dreien von ihnen konnte Fabia einen abfahrbereiten Mäuse-Express erkennen. Ein großes Holzschild hing von der hohen Decke hinab und verriet den Namen des Bahnhofs.

»Biotopien.« Fabia schüttelte sprachlos den Kopf. Wie sie wusste, gehörte Biotopien zu den größten Städten der Umgebung. Doch dass allein der Bahnhof so riesig war, hatte sie in ihren kühnsten Träumen nicht erwartet. Wie groß musste erst die Stadt sein?

Eine Gruppe Arbolde stieg aus, ebenso die ältere Dame. Sie lächelte Tamo zu und trippelte Richtung Treppe. Der Fahrer gab der Maus Essen und Trinken und verschwand in der Menge.

Wenn Fabia es richtig sah, gab es sogar Rolltreppen. Sie nahm sich vor, eines Tages einen Trip hierher zu machen.

Der Mäuse-Express ruckelte an und nahm Fahrt auf. Er tauchte in den nächsten Tunnel ein und Dunkelheit umgab sie. Sie durchquerten zwei weitere Hallen mit Leuchtpilzen und Fabia erhaschte einen kurzen Blick auf einen Maulwurf. Mit einem Mal war über ihnen Tageslicht. Staunend sah sie, dass sie über den Grund einer Schlucht preschten. Hoch über ihnen erkannte sie Baumwipfel und direkt oberhalb der Spalte Grashalme und Äste.

Die Fahrt dauerte nicht mehr lange. Der Express bremste erneut und sie fuhren ruckelnd in einen kleinen Raum hinein, in dem es nur einen einzigen Bahnsteig gab.

Mit leichtem Bedauern stieg Fabia aus dem Wagen und warf einen letzten Blick zur Maus, die sich putzte und schnuppernd die Nase hob. Ein Trog erweckte ihre Aufmerksamkeit, sie hopste hin und vergrub ihre Schnauze darin.

»Tamo!« Ein Junge in ihrem Alter kam auf sie zu.

Er war eindeutig mit Tamo verwandt: dieselben blonden Haare, der braun gebrannte Teint und das breite Grinsen. Allerdings war er kleiner und Fabia sah ihm an, dass er gerne und viel aß.

»Hi, ich bin Konstantin«, grüßte er in die Runde, sein Blick blieb an ihr kleben. »Oh. Und wer bist du?«

Ein rosa Schimmer breitete sich auf seinem Gesicht aus und er starrte sie für einige Herzschläge lang an.

Sie spürte ihr Gesicht heiß werden. War das unangenehm! Peinlich berührt sagte sie: »Ich bin Fabia, das hier ist mein Bruder Kion. Danke, dass wir bei euch schlafen dürfen.«

Er nickte sprachlos.

Bevor es noch peinlicher wurde, schlug Tamo seinem Cousin auf den Rücken. »Pack mal deine Glubscher wieder ein, wir sind auf wichtiger Mission.«

Konstantins Gesicht färbte sich eine Spur dunkler und er wandte sich von ihr ab. »Ja, also. Dann kommt mal mit.«

Sie folgten ihm und Kion warf seiner Schwester einen funkelnden Blick zu.

Sie verdrehte die Augen. Na wunderbar. Der erste Junge in ihrem Alter, der sie toll fand, war mit Tamo verwandt, wohnte in einem anderen Dorf und war nicht gerade eine Augenweide. Da das fies war, verdrängte sie den Gedanken.

Sie gingen eine schmale, lange Wendeltreppe hinauf und gelangten in einen engen Tunnel, der sie nach draußen führte.

Sie sah, dass sie sich knapp über dem Erdboden befanden. Enttäuscht nahm sie zur Kenntnis, dass der Wald genauso aussah wie zu Hause. Er war überwiegend mit Brennnesselwäldern und Sträuchern bedeckt. Etwas anderes erweckte ihre Aufmerksamkeit. Sie trat vorsichtig an den Rand der Plattform und blickte hinab. Die Eiche, auf der sie sich aufhielten, stand dicht an einem tiefen Abgrund. Sie hatte freien Blick auf die Wurzeln, die sich wie knorrige Schlangen am Boden entlang wanden.

»Die Wurzeln sind tabu für uns.« Konstantin trat neben sie. »Allerdings werden wir das Verbot ein kleines bisschen umgehen müssen, wenn wir euren Gesuchten finden wollen.«

Er schwieg und sah Fabia auffordernd an.

Sie unterdrückte ein Seufzen. Das war ja exakt wie bei Tamo. Darauf würde sie sich nicht einlassen. Beharrlich schwieg auch sie.

Konstantin schaute traurig drein. »Der Mann wohnt da unten, ist eine ganz miese Gegend. Wir müssen uns hin schleichen.«

Sie wandten sich vom Abgrund ab und Konstantin führte sie eine Spindeltreppe hinauf. An einer Kreuzung teilte sich der Baumstamm in zwei dicke Äste auf, die schräg nach oben ragten.

Fabia legte den Kopf in den Nacken und erblickte weitere Äste, die aus dem geteilten Stamm hervorwuchsen und waagerecht zum Boden verliefen. Dunkle Rechtecke hoben sich vor dem Braun des Baumes ab. »Haben die Wohnungen bei euch Fenster?«

Konstantin nickte. »Ja, alle. Mindestens zwei Stück. Kommt, ich zeige euch mein Zuhause.«

Er erklomm eine breite Treppe den linken Stamm hinauf. Beim zweiten Querast angelangt führte er sie in den Baum hinein.

Der Gang ging geradeaus und immer wieder gab es nummerierte Türen. Bei Nummer Siebzehn blieb er stehen und steckte einen Schlüssel ins Schloss. »Hereinspaziert!«, rief er und schwang die Tür auf.

Neugierig folgte Fabia ihm. Die Wohnung war nicht tief, aber äußerst breit. Der Flur erstreckte sich parallel zum Tunnel draußen und von ihm gingen alle anderen Zimmer ab. Konstantin zeigte ihnen seinen Raum, das Bad und das Wohnzimmer.

Sie löste sich aus der Gruppe und trat an eines der Fenster heran. Der rechteckige Fensterrahmen war mit einer schuppigen Oberfläche bespannt, durch die man hindurchsehen konnte. Sie erkannte den Baum gegenüber und den Erdboden.

»Woraus bestehen die Fenster?« Fasziniert strich sie über die durchscheinende Scheibe. Es fühlte sich kühl und glatt an.

»Das sind Natternhemdchen«, erklärte Konstantin. »Die werden aus der abgelegten Haut von Nattern hergestellt.«

Erneut und weitaus vorsichtiger berührte Fabia das Fenster. Sie hatte noch nie eine Natter gesehen und verspürte keine sonderliche große Lust, es nachzuholen. Die Haut fühlte sich so anders an als alles, was sie kannte.

»Hallo.«

Eine Stimme riss sie aus ihren Gedanken. Sie drehte sich um und sah eine Frau ins Zimmer kommen.

Konstantins Mutter trug eine Kochschürze und wischte sich die Finger an einem Handtuch trocken. »Schön, dass ihr wohlbehalten angekommen seid. Tamo, mein Lieber, wie geht es Karli?«

Kurz umarmte sie ihren Neffen.

Tamo war es sichtlich unangenehm, doch er antwortete brav: »Gut, danke. Sie lässt viele Grüße ausrichten. Tante Anni, das hier sind Fabia und Kion, meine Freunde.«

Anni bot ihnen sofort das Du an und setzte ihnen eine süße Speise aus Honig und Goldnesselblüten vor. Den Nachmittag verbrachten die Kinder damit, von ihren Ferien zu berichten. Ihre Gastgeber wollten alles über den Diebstahl erfahren. Dass sie nach Wurzelingen gekommen waren, um den Mann zu verfolgen, sowie ihre Abenteuer im Tunnelsystem behielten die drei für sich.

Am Abend saßen sie in Konstantins Zimmer. Sie erzählten ihm die vollständige Geschichte. Alles andere ergab für ihr Vorhaben keinen Sinn.

»Also.« Tamo sah zu seinem Cousin hinüber. »Wie gehen wir vor?«

Konstantin saß an seinem Schreibtisch und verschränkte die Arme vor seinem Bauch. »Wir gehen am besten gleich morgen früh runter. Vormittags sind die meisten Anwohner des Unterdorfs arbeiten und wir fallen nicht so auf. Auch meine Mutter ist auf der Arbeit und wird es nicht mitbekommen. Ich zeige euch, wo die Wohnung des Mannes ist.«

»Klingt gut«, sagte Tamo. Er saß auf einer frischen Schicht Moos, die Anni für die drei Besucher vorbereitet hatte.

Da sie von der Fahrt müde waren, legten sie sich bald schlafen. Im Dunkeln lag Fabia lange wach und grübelte. Taten sie das Richtige? Wenn sie Konstantins Plan gedanklich durchging, stieß sie auf mindestens drei Verstöße gegen das Gesetz oder die Regeln ihrer Eltern. Was hatten sie sich gedacht? Schlechtes Gewissen breitete sich in ihr aus wie ein Sonnenstrahl auf einer Lichtung. Sie wälzte sich herum. Kion und sie hatten ihre El tern mehrmals belogen. Sie würden morgen gegen das Gesetz verstoßen, indem sie das Unterdorf betraten. Bei ihrem Ausflug hatten sie verbotenerweise den Erdboden betreten. Den Geheimgang und das Tunnelsystem verschwiegen sie, obwohl es für den Einbruch wichtig sein konnte.

Fabia fand in der Nacht nicht sonderlich viel Schlaf.

Verfolgungsjagd

Beim gemeinsamen Frühstück stocherte Fabia ohne Appetit in ihrem Nusspudding herum. Sie bemerkte, dass Kion ständig zu ihr blickte, ignorierte es jedoch. Zu groß war die Sorge, er könnte dasselbe empfinden wie sie und ihre Entschlossenheit ins Wanken bringen.

Tamo und Konstantin sprühten vor Energie und konnten es kaum erwarten, endlich loszuziehen.

Nach dem Essen führte Konstantin sie den Baum hinab. Als sie nahe dem Erdboden ankamen, endete die Plattform abrupt.

Irritiert sah Fabia zu Konstantin. »Und jetzt?«

»Da runter.« Er grinste und zeigte auf den Boden.

Jetzt erst entdeckte Fabia das Loch im Boden und trat näher. Eine Leiter führte senkrecht hinab. Von ihrem Standpunkt aus konnte sie das Ende nicht ausmachen und beugte sich weiter vor. »Ganz schön tief.«

Sie hatte kein Problem mit Höhen, aber eine solche Strecke auf einer alten und instabil aussehenden

Leiter hinabzusteigen, brachte ihr Blut in Wallung. »Ist das der offizielle Weg nach unten?«

Sie sah rechtzeitig empor, um den Blickwechsel zwischen Tamo und Konstantin zu sehen. »Also nein.«

Konstantin kratzte sich verlegen am Fühler. »Dieser Weg ist der schnellste. Er ist eigentlich für die Arbeiter von unten, damit sie nicht den regulären Aufzug verschmutzen.«

»Verschmutzen?«, fragte Kion.

»Da unten arbeiten die Pilzfäller und die Wurzelentlauser«, erklärte Konstantin. »Das ist eine extrem wichtige Tätigkeit für unsere Stadt, wir haben seit Jahrzehnten Probleme mit Hallimaschen und Wurzelläusen. Allerdings ist es eine verflucht dreckige Angelegenheit und die Pilzsporen verteilen sich gerne in der Luft, wenn sich einer der Arbolde mal streckt. Deshalb gibt es diesen Weg.«

Er kletterte als erster hinab. Begeistert folgte Tamo ihm.

Fabia tauschte einen letzten Blick mit ihrem Bruder und stieg die steile Leiter hinab. Sie zählte die Sprossen und nach sechsundfünfzig fühlte sie festen Boden unter ihren Füßen. Sie trat einen Schritt beiseite und schaute sich um. Unter ihr war eine breite Wurzel, die mindestens so dick sein musste wie die Äste weiter oben im Baum, in denen sich die Wohnungen befanden.

Konstantin ging voraus. »Hier entlang. Von jetzt an müssen wir aufpassen. Die Anwohner interessieren sich nicht dafür, wer hier unten herumläuft, aber ab und zu kommen Polizisten vorbei. Und die Arbeiter mögen es auch nicht, wenn sich Jugendliche unten am Boden herumtreiben.«

Fabia sah sich aufmerksam um, während sie der Wurzel folgten. Sie verengte sich und bald schon mussten sie hintereinandergehen. Mit einem Mal ging es steil bergab, die Wurzel wuchs nach unten weiter. Von diesem Standpunkt aus konnte Fabia den Rest des Unterdorfes ausmachen.

Dicke Wurzeln wuchsen in Kurven bis zum Erdboden hinab. Manche endeten mitten in der Luft. Verbunden waren sie durch Hängebrücken und Strickleitern. Fabia legte den Kopf in den Nacken und erblickte dickere Wurzeln.

Wenn sie nicht alles täuschte, konnte sie ein Fenster erkennen. »Wohnen da oben Arbolde?«

»Ja, wir nennen sie die Wurzler. Sie können sich die Unterkünfte im Baum nicht leisten oder aber mögen es, so tief zu leben. Euer Gesuchter soll dort ebenfalls eine Wohnung besitzen. Ich habe mir den Weg beschreiben lassen.«

»Woher kennst du denn Arbolde, die so etwas wissen?« In Kions Stimme schwang Argwohn mit.

Konstantin zuckte mit den Schultern. »Einer aus meiner Klasse treibt sich andauernd hier unten rum. Sein Vater ist ein Wurzelentlauser und findet es nicht schlimm, wenn sich sein Sohn verbotenerweise außerhalb der Wohngegend in den Wurzeln aufhält.«

Fabia hielt sich zurück. Sie fragte sich, inwiefern Anni es in Ordnung fand, dass sich ihr Sohn hier herumtrieb. Das war nicht ihr Problem.

Sie erklommen mehrere Wurzeln über Leitern und Brücken, bis sie auf einer großen Plattform ankamen. Es war der Marktplatz, wie Fabia an den unterschiedlichen Ständen ausmachte.

Einige Arbolde eilten rastlos umher. Sie waren von Kopf bis Fuß staubig und zum Teil matschbedeckt.

»Sind das die Arbeiter?«, fragte Kion leise. Falls ja, mussten sie sich vorsehen.

»Nein, das sind die Einwohner des Unterdorfs«, entgegnete Konstantin.

»Warum sind die alle so dreckig?«, rutschte es Fabia heraus. Eine Frau musste sie gehört haben, sie warf Fabia einen bitterbösen Blick zu.

»Versuch du mal, sauber zu bleiben, wenn du in den Wurzeln lebst.« Konstantin zuckte mit den Achseln. »Schau dich doch mal selbst an.«

Fabia schaute herab und stellte erst jetzt fest, wie schmutzig ihre Hände waren. Doch damit nicht genug, ihre Schuhe sahen furchtbar aus und ihre Beine bis übers Knie, sowie ein Teil der Arme waren voller Staub und Erde. Sie hatte überhaupt nicht gemerkt, dass sie irgendetwas berührt hatte.

»Wie finden wir jetzt den Mann?«, fragte Tamo wissbegierig und schaute sich um.

»Ich schlage vor, wir legen uns auf die Lauer. Soweit ich weiß, arbeitet der Mann nur nachts. Er muss einer der Baumwächter sein. Die sorgen dafür, dass in der Dunkelheit kein Ungeziefer von unten in den Baum krabbelt«, erklärte er auf Fabias fragenden Blick. »Daher müsste er jetzt ein Vormittagsschläfchen halten. Bestimmt kommt er dann irgendwann raus.«

Mit zusammengezogenen Augenbrauen betrachtete Fabia Konstantin, enthielt sich jedoch jeglichen Kommentars.

Der schrumpfte unter ihrem Blick zusammen und sagte kleinlaut: »Du siehst mich an, als wäre das der schlechteste Plan der Welt.«

Sie spürte einen leichten Druck in ihrem Rücken und wusste, was Kion ihr damit zu sagen versuchte. Daher ruderte sie gleich zurück: »Nein, schon gut. Ich bin nur aufgeregt. Wir sind immerhin nur noch bis heute Abend hier. Es ist toll, dass du uns hilfst und so viel rausgefunden hast!«

Ein Hüsteln hinter ihr verriet Fabia, dass sie zu dick aufgetragen hatte.

Konstantins Miene hellte sich jedoch sogleich auf. Beschwingt durch ihre Worte winkte er sie weiter.

»Dann los. Da vorne ist der einzige Zugang zum Viertel, in dem der Mann wohnt. Dort können wir uns einen Posten zum Warten suchen.«

Sie überquerten den Platz. Fabia näherte sich neugierig den Tischen. Dort gab es Steine. Kleine, wunderschön geformte Steine in den schönsten Farben. Und filigrane Gebilde, die sich als Skulpturen aus Häuten entpuppten. Das Muster deutete auf Libellenflügel oder Schlangenhäute hin.

»Komm weiter.« Konstantin zog sie mit sich. Außer Hörweite der Verkäufer sagte er leise: »Viele der angebotenen Waren sind illegal. Du solltest die Finger davon lassen.«

»Oh«, war alles, was Fabia dazu einfiel.

Sie setzten sich in eine unscheinbare Ecke am Rande der Plattform. Von hier aus konnten sie den Tunneleingang sehen, der in die Wohnwurzel führte.

»Wo arbeitet eigentlich dein Vater?« Fabia versuchte, ein Gespräch mit Konstantin in Gang zu bringen.

Der schaute sie mit undefinierbarem Blick an. »Der ist tot.«

Hitze stieg Fabia ins Gesicht. Entengrütze! Warum musste sie immer in solche Fettnäpfchen treten? »Oh, tut mir leid, das wusste ich nicht.«

»Schon in Ordnung«, sagte Konstantin mit fester Stimme. »Ist eine Weile her. Es war ein Unfall in der Schmiede. Dort hat er mit meinem Onkel zusammengearbeitet.«

Er deutete auf Tamo und fügte erklärend hinzu: »Seinem Vater.«

Fabia nickte bloß, aus Angst, noch etwas Dummes zu sagen.

Es war Konstantin, der sie aus der misslichen Situation rettete. Er wechselte abrupt das Thema. »Und, wie habt ihr drei euch kennengelernt? Im Winter hat Tamo noch nichts von euch erzählt.«

Dankbar lächelte Fabia ihn an. »Tamo ist zu Beginn des Schuljahres in unsere Klasse gekommen. Und zu

Beginn der Frühlingsferien letzte Woche hat er aus unerfindlichen Gründen beschlossen, dass wir von nun an Freunde sind.«

Stirnrunzelnd schaute sie Tamo an. »Warum eigentlich?«

Der lachte. »Ganz einfach. Irgendwer musste sich ja um euch zwei kümmern. So einsam und allein, wie ihr immer in der Ecke herumstandet. Außerdem hatte ich immer das Gefühl, dass man mit euch beiden im Gegensatz zu diesen unreifen Kinderchen ganz gut reden kann. Und wie sich zeigt, habe ich genau zur rechten Zeit entschieden, dass ich mich eurer annehme.«

Kion grinste schief.

Auch Fabia konnte sich des Lächelns auf ihrem Gesicht nicht erwehren. Sie spürte eine wohlige Wärme in ihrem Bauch und erkannte, wie glücklich es sie machte. Wenn ihr vor zwei Wochen jemand gesagt hätte, dass sie hier mit Tamo Baumgarten sitzen und sich über ihre Freundschaft freuen würde, hätte sie denjenigen ausgelacht.

»Schaut mal«, flüsterte Tamo mit vibrierender Stimme. Er deutete mit seinen Fühlern in Richtung Tunneleingang.

Fabia sah hinüber. Tatsächlich. Mit wummerndem Herzen erblickte sie den Mann mit dem fehlenden Fühler. Er trat nach draußen und steckte die Hände in die Taschen. Sein Blick war düster und seine Mundwinkel nach unten gezogen. Die aufgesetzte Fröhlichkeit, die er im Labor vor Rup gezeigt hat, war nirgends zu entdecken.

»Und jetzt?«, fragte Kion im Flüsterton.

»Wir warten, bis wir uns sicher sein können, dass er uns nicht bemerkt«, sagte Tamo. »Dann schleichen wir uns hinterher.«

Also verblieben sie an Ort und Stelle. Der Mann suchte etwas in seiner Tasche und trat an den zweiten Stand heran. Er erhielt im Austausch für ein paar Münzen einen dampfenden Becher. Er nahm einen Schluck und schritt mit schnellen Schritten über den Marktplatz.

»Los. Aber passt auf, dass ihr das unauffällig macht«, sagte Konstantin.

Fabia stand hektisch auf. Ihre Hände zitterten leicht. Wäre sie nicht so nervös gewesen, hätte sie Konstantin etwas Passendes erwidert. Was glaubte der denn? Dass sie sich jetzt von Stand zu Stand rollen würden, um auffällig unauffällig zu sein?

So langsam wie möglich setzten sie sich in Bewegung. Schnell merkte Fabia, dass es nicht so einfach war, die richtige Geschwindigkeit zu halten. Zuerst kamen sie dem Mann viel zu nahe und ließen sich zurückfallen, indem Kion vorgab, sich die Ware eines Standes anzuschauen. Der Mann verließ die Plattform auf einen anderen Weg als dem, auf dem die Vier hergekommen waren.

Fabia betrat dicht hinter Tamo die schräg abwärts verlaufene Wurzel. Der Fremde war einen Steinwurf von ihnen entfernt und schritt zügiger aus. Sie gelangten tiefer ins Wurzelwerk und mussten aufpassen, dass der Mann sie nicht entdeckte. Der schien nicht mit Verfolgern zu rechnen und schaute sich nicht um.

Ein Gedanke schoss Fabia durch den Kopf: Wenn er sie bemerken würde, musste er sie doch erkennen? Sie fiel unbewusst ein paar Schritte zurück.

Die nächste Wurzel endete auf dem Erdboden. Hier unten herrschte reges Treiben. Eine Gruppe Arbolde hackte auf die Stiele von gelben, hohen Pilzen ein und brachte sie zu Fall. Weitere Arbeiter trugen die gefällten Pilze weg und warfen sie auf einen großen Haufen.

Soweit Fabia wusste, waren Hallimasche essbar. Sie hatte sich nie gefragt, ob das Ragout, das ihre Mutter so gerne aß, aus diesen Pilzen bestand.

Der Mann blieb an einem mannshohen Felsen stehen und lehnte sich rücklings dagegen. So stand er seitlich zu ihnen und blickte stur geradeaus. Sie betraten das Erdreich und gingen hinter einem Grashalm in Deckung.

»Er scheint auf etwas zu warten«, flüsterte Tamo.

Konstantin lugte immer wieder vorsichtig am Stängel vorbei. Falls der Mann ihn entdeckte, wäre das nicht schlimm, da er ihn nicht kannte.

»Da kommt jemand«, sagte er. »Sie unterhalten sich.«

»Lasst uns näher rangehen.« Fabia spähte am Halm vorbei.

Der Neuankömmling war ein kleiner, untersetzter Mann mit Schnurrbart und einer Fliegerkappe auf dem Kopf. Möglichst unauffällig schlichen die Vier seitwärts und versteckten sich hinter dem Felsen. Langsam und behutsam umrundeten sie den Stein, darauf bedacht, kein Geräusch zu verursachen.

»… noch nicht vorbei«, sagte der Mann mit dem einen Fühler gerade. »Wir brauchen mehr Zeit.«

»Wie viel ungefähr?« Die Stimme des kleinen Mannes war seltsam piepsend und hoch. Sie mochte nicht zu seinem Äußeren passen.

»Ein paar Tage noch. Unser unfreiwilliger Komplize ist unberechenbar. Ich weiß nicht, wie lange er noch mitmacht.«

»Was ist denn mit eurem Druckmittel? Wirkt es nicht mehr?«

»Wir haben einen ersten Schritt getan, um ihm die Ernsthaftigkeit der Situation zu verdeutlichen. Daraufhin hatte er sich gefügt. Aber er beginnt zu wanken. Deshalb stell dich schon einmal darauf ein, dass wir eventuell einen Fahrgast mehr dabei haben, wenn es so weit ist.«

Fabia wurde aus dem Gespräch nicht schlau. Sie spitzte die Ohren, als der Kleine weitersprach.

»Gib mir einfach Bescheid, wenn du Tag und Zeit weißt. Schick mir eine Nachricht und ich werde da sein. Du weißt noch, wo?«

»Natürlich«, schnarrte der Mann mit dem einen Fühler gereizt. »Auf der kleinen Plattform am Erdboden vor dem Tunnelsystem.«

»Dann machen wir es so. Ich bin echt gespannt, Goli. Das wird ne ganz große Sache, sagst du? Dann mach ich meine Zikaden schon einmal bereit.«

»Gut. Bis dann.«

Kion zupfte an Fabias Oberteil. Lautlos zogen sie sich zurück und umrundeten den Felsen, bis sie vom Unterdorf nicht mehr zu sehen waren.

Konstantin schaute vorsichtig nach und kehrte wenige Augenblicke später zurück. »Der Kerl geht wieder davon. Und unser Monofühler ist auch schon wieder unterwegs.«

Sie setzten sich auf den kühlen Boden. Fabia lehnte sich gegen einen kleinen Felsen. Ihr Herz beruhigte sich allmählich. Zum Glück hatte der Mann sie nicht bemerkt. Monofühler. Den Namen würde sie sich merken.

»Ob er jetzt wirklich von dem Diebstahl gesprochen hat, ist nicht klar, oder?« Kion sprach das aus, was alle dachten. Er hatte die Stirn gerunzelt und sein Kinn grüblerisch auf seinen gefalteten Händen abgelegt.

»Angenommen, es ging tatsächlich um den Raub. Was wissen wir jetzt mehr?«

»Es sind mehrere Personen beteiligt«, sagte Tamo und zählte auf: »Der Mann – Goli – und ein Komplize, der zwangsläufig mitmacht. Und mindestens ein weiterer.«

»Wie kommst du darauf?«, fragte Konstantin verwirrt.

Fabia antwortete anstelle von Tamo, denn ihr war es gerade klar geworden. »Goli hat von *wir* gesprochen, nicht von *ich*. Also muss es noch eine dritte Person geben.«

»Genau«, bestätigte Kion. »Ich frage mich, was Goli damit gemeint hat, dass eventuell eine Person mehr mit muss.«

»Vielleicht wollen sie den unfreiwilligen Komplizen dazu zwingen, mitzukommen«, mutmaßte Konstantin. »Aber wohin? Und wie?«

Tamo schaute nachdenklich zum Boden. »Er hat von seinen Zikaden geredet. Ich kenne nur eine Beförderungsmöglichkeit, die ich mit Zikaden in Verbindung bringe. Kaiserzikaden-Transporte. Ich wusste nicht, dass welche im Wald leben.«

»Kaiserzikaden?« Kurz fragte sich Fabia, ob das eine von Tamos ausgedachten Geschichten war. Doch sie sah anhand seines Gesichtsausdrucks, dass er es ernst meinte.

»Ich glaube, man findet sie in den Randgebieten auf den Grasebenen«, sagte Kion.

»Richtig.« Tamo nickte. »Also wird der Kleine an einem noch unbekannten Tag zu einer bestimmten Zeit mit seinen fliegenden Zikaden Goli plus mindestens einen anderen einsammeln. Astreine Info. Wenigstens kennen wir den Ort.«

»Ach, echt?«, fragte Konstantin erstaunt.

»Ja. Es sei denn, es gibt noch viele andere Ausgänge aus den Tunneln unterhalb von Buchenhain.« Tamo spielte mit einem Stein und warf ihn in die Luft. »Aber das glaube ich nicht. Wir haben bei unseren Erkundungen ja nur einen Abstieg gefunden.«

Sie verloren eine Weile kein Wort.

Fabia kratzte sich am Fühler. Sie fühlte sich unwohl, konnte aber nicht sagen, warum.

»Lasst uns zurückgehen, ihr müsst ja auch noch den Mäuse-Express heute Abend bekommen. Und vielleicht wollt ihr vorher noch etwas essen.« Konstantin stand auf und versuchte vergeblich, sich den Dreck von der Hose zu klopfen.

Auch Fabia sah aus, als hätte sie stundenlang im Dreck gespielt. »Wir sollten uns vorher auch noch umziehen.«

Sie machten sich auf den Heimweg. Ohne Probleme erreichten sie die obere Plattform und stiegen die Leiter ins Oberdorf hinauf.

Fabia war in Gedanken versunken. Jetzt, nachdem sie den Mann namens Goli beschattet hatten, war ihre Laune schlagartig im Keller. So schwieg sie den

Rest des Tages überwiegend. Die Rückfahrt mit dem Mäuse-Express konnte sie kaum genießen.

Ihre Eltern holten sie vom Bahnhof ab. Ihr Anblick verschlimmerte Fabias Bauchschmerzen. Erst später, als sie im Bett lag, konnte sie ihre Gefühle erfassen.

Leise sagte sie in die Dunkelheit hinein: »Ich fühle mich richtig, richtig schlecht. Wir lügen Mama und Papa an, wir brechen das Gesetz, wir stecken unsere Fühler in Dinge, die uns nichts angehen. Wir haben heute nichts Brauchbares herausgefunden. Der gesamte Ausflug war für die Blattlaus!«

Ihre Stimme war schrill geworden. Ihre Hände zitterten und Tränen liefen ihr übers Gesicht.

Sie hörte, wie Kion aus dem Bett stieg. Kurz darauf legte er sich neben sie. Seine Hand fand ihre und er drückte sie. »Ich weiß. Es fühlt sich alles falsch an. Ich glaube, wir haben uns beide ganz schön in etwas verrannt. Aber du musst auch zugeben, dass es Spaß gemacht hat. In den letzten zwei Tagen haben wir so viel Neues erlebt: Der Erdboden. Die Tunnel. Die Fahrt nach Wurzelingen, das Dorf selbst, du hast endlich Fenster sehen können. Davon hast du seit Jahren geschwärmt. Wir haben vielleicht verbotene Dinge getan, aber mehr erlebt als in den letzten zwölf Jahren.«

Fabia überlegte, wann Kion sich das letzte Mal zu ihr gelegt hatte. Das musste fünf Jahre oder länger her sein. Seine Worte hatten sie beruhigt. Allerdings wusste sie, dass er genau dasselbe empfand wie sie. Kion versuchte ebenfalls, sich die Erlebnisse ins rechte Licht zu rücken.

Sie sagte nichts. Seine Nähe und Worte waren Balsam für ihre Seele.

Geständnis

Auch die nächsten Tage brachten keine Neuigkeiten. Fabia merkte ihren Eltern an, dass die Entwicklung sie beunruhigte. Sie warfen sich den ganzen Abend über bedeutungsschwere Blicke zu, die Fabia nervös machten. Sie war kurz davor, über ihren Ausflug nach Wurzelingen zu berichten. Doch so gerne sie sich das vom Gewissen geredet hätte, etwas hielt sie zurück.

Zum einen hatten sie in den letzten anderthalb Wochen mehrere Regeln und Gesetze gebrochen. Zum anderen hatten sie ihre Eltern belogen. Das war es, was Fabia Magengrummeln verursachte. Und zuletzt hatte sie den egoistischen Wunsch, niemandem von dem geheimen Tunnelsystem zu erzählen.

Nach dem Abendessen sah Rup seufzend seine Kinder an. »Wir müssen etwas mit euch besprechen.«

Fabia brach augenblicklich der Schweiß aus und ihr Magen schmerzte stärker. Hatten Mama und Papa etwas herausgefunden? Hatte sie sich verraten? Sie zwang sich, ihrem Vater weiter in die Augen zu blicken, dabei fragte sie sich, was in Kion vorging.

Lara faltete ihre Hände auf dem Tisch zusammen. »Wir hatten euch bereits Anfang der Woche gesagt, was passieren könnte, falls die Papiere nicht wieder auftauchen.«

Sie tauschte einen Blick mit Rup. »Es sieht ganz danach aus, als würden die Pläne verschwunden bleiben. Papa ist bereits dabei, sie neu zu schreiben, aber einige Überlegungen lassen sich nicht so einfach reproduzieren. Es wird Wochen dauern, bis sie so aufgearbeitet sind, dass man sie vermarkten kann. Und so viel Zeit haben wir nicht.«

Rup nahm ihre zitternde Hand in seine. »Wir leben bereits seit Monaten von unserem Ersparten. Eigentlich wollte ich diese Woche zum Patentamt gehen. Ich stehe bereits länger mit dem Zuständigen dort im Kontakt. Es haben nur noch die endgültigen Unterlagen gefehlt. Doch das ist hinfällig. Ich kann die Frist nicht einhalten. Wir sind bereits auf der Suche nach einer anderen Wohnung. Mama wird sich noch eine zweite Arbeit suchen und …«

»Nein!« Fabia konnte es nicht mehr ertragen. Ihre Gedanken rasten und wollten endlich ausgesprochen werden. Ein kurzer Blick zu Kion versicherte ihr, dass er dasselbe dachte wie sie. Obgleich es ihr schwindelte, sprach sie ruhiger weiter: »Wir müssen euch auch etwas beichten.«

Sie atmete durch, um ihr flatterndes Herz zu beruhigen, dann erzählte sie. Vom Fund des Geheimgangs, ihren beiden Ausflügen in die Tunnel. Auch, wenn sie die Geschichte mit den Ohrwürmern lieber außen vor ließ. Von Goli berichtete sie. Sie schilderte den wahren Grund ihres Ausflugs nach Wurzelingen. Doch als sie dabei war, zu verraten, was sie auf dem Erdboden von Goli erfahren hatten, unterbrach Rup sie.

Seine Stimme zitterte vor unterdrücktem Ärger. »Was habt ihr euch nur dabei gedacht?«

Fabia blickte auf und bemerkte, dass sie die gesamte Zeit über auf ihre verkrampften Finger gestarrt hatte. Sie fühlte sich einerseits erleichtert, da sie endlich keine großen Geheimnisse mehr vor ihren Eltern besaß. Auf der anderen Seite krampfte ihr Magen regelrecht, als sie in die Gesichter von Rup und Lara sah. Sie hatte die beiden noch nie so enttäuscht und wütend gesehen.

Mit jedem Wort, das ihr Vater im Folgenden sprach, wurde seine Stimme lauter und zorniger. »Wisst ihr eigentlich, wie gefährlich das alte Tunnelsystem unter dieser Wohnung ist? Ja, ich weiß davon und ich kenne auch den Geheimgang! Ihr habt gegen unser Gesetz verstoßen! Wenn man euch ertappt hätte, hättet ihr einen Eintrag in eure Akte erhalten und Sozialdienst leisten müssen. Nicht auszudenken, was alles hätte passieren können. Fabia, du bist so kopflos! Und Kion, von dir hätte ich erwartet, dass du den Hitzkopf deiner Schwester besser im Griff hast!«

Er holte Luft und Fabia wollte die Möglichkeit nutzen, sich zu verteidigen. Natürlich hatte er recht, aber sie hatten es aus einem wichtigen Grund getan. Das musste er doch einsehen! »Papa, der Dieb …«

»Ruhe!« Rup schlug mit der Faust auf den Tisch. »Ich möchte von diesen Hirngespinsten kein Wort mehr hören! Die Polizei weiß, was sie tut. Hört gefälligst auf, euch in Dinge einzumischen, für die ihr viel zu jung seid.«

Fabia zuckte zusammen und verstummte. Tränen schossen ihr in die Augen, wie immer, wenn sie sich ungerecht behandelt fühlte.

»Ihr geht besser auf euer Zimmer«, sagte Lara mit leiser, aber bestimmter Stimme. Auf ihrem Gesicht lag weniger Wut als ein anklagender Blick, der Fabia ins Herz schnitt.

Sie stand mit zitternden Beinen auf, starrte auf den Boden. Dem Blick ihrer Mutter hielt sie nicht stand. Außerdem wollte sie unbedingt vermeiden, dass ihre Eltern die Tränen in ihren Augen sahen.

»Ihr habt Hausarrest!« Rups Stimme klang ruhiger, wirkte erschöpft. »Den Geheimgang versperren wir. Ich möchte keinen von euch jemals wieder in seiner Nähe wissen.«

Die Zwillinge gingen wortlos in ihr Zimmer und setzten sich auf die Betten.

Erst nach einer ganzen Weile schaute Fabia auf. Hinter ihrer Stirn pochte es unangenehm. Ihre Wut war verraucht, wusste sie doch, dass Kion und sie es nicht anders verdient hatten. Aber eine Sache ließ sie nicht los. »Sie glauben uns nicht.«

Kion begegnete ihrem Blick und nickte.

»Früher haben sie uns immer geglaubt!«, ereiferte sie sich und erhob ihre Stimme. »Egal, wie verrückt unsere Geschichten geklungen haben, Papa hat uns immer zugehört und uns nie so vor den Kopf gestoßen. Und wenn er mal wütend über etwas war, hat sich Mama eingemischt. Das ist total unfair!«

Sie verschränkte die Arme vor der Brust und schnaubte. Neue Tränen traten ihr in die Augen, verbittert wischte sie über ihr Gesicht.

»Wir haben ihnen dieses Mal keinen Grund gegeben, uns zu glauben«, sagte Kion.

Sie kaute auf ihrer Unterlippe und musste ihrem Bruder recht geben. Warum sollten Papa und Mama ihnen zuhören, wenn sie ihnen gerade beichteten, sie belogen zu haben. Und doch erfüllte es sie mit Unmut. »Aber wir haben doch Beweise!«

»Haben wir das?« Kions Stimme klang zweifelnd.

Stirnrunzelnd sah sie ihn an.

Er lehnte mit dem Rücken an der Wand und blickte nachdenklich zur Decke. »Wir wissen nur, dass derselbe Mann, den wir damals vor Papas Labor getroffen haben, in der Nähe der Tunnel war. Wir haben ihn in Wurzelingen mit einem anderen Mann sprechen gehört und es klang so, als ob da etwas im Busch wäre. Aber kein einziges Mal ist das Wort Einbruch, Diebstahl oder Pläne gefallen. Wir können also nur mit Sicherheit sagen, dass dieser Goli Dreck am Stecken hat. Die Polizei hat den Verdächtigen nicht aus Spaß eingesperrt. Dieser Mann scheint kein Alibi, aber ein Motiv zu besitzen. Was gibt uns beiden das Recht zu glauben, wir wären schlauer als die Polizisten?«

Ernüchtert starrte sie ihn an.

***

Die nächsten Tage vergingen im Schneckentempo. Es gab keine Neuigkeiten von der Polizei, und wann immer Fabia versuchte, mit ihren Eltern über das Geschehene zu sprechen, stieß sie auf taube Ohren. Die gemeinsamen Abendessen verliefen schweigsam und bedrückend. Da Rup und Lara arbeiten mussten, waren Fabia und Kion die meiste Zeit über allein.

Am Sonntag klingelte es erneut an der Tür.

»Wer mag das sein?« Fabia lag seit Stunden auf ihrem Bett, hatte von dem Buch vor sich jedoch nur wenige Seiten gelesen.

Kion, der aus Langeweile begonnen hatte, seinen Kleiderschrank aufzuräumen, lehnte sein Ohr an die Tür. »Klingt wie Johann.«

Eine Weile blieb es still, Fabia las eine weitere Seite ihres Buches. Dann rollte sie sich vom Bett.

»Muss aufs Klo«, murmelte sie und verließ ihr Zimmer.

Aus der Küche erklang das Klirren von Glas und Rups leise Stimme. »Johann macht einen jämmerlichen Eindruck auf mich. Irgendetwas beschäftigt ihn, aber er möchte nicht verraten, was.«

Lara antwortete im sanften Tonfall: »Er hatte doch vor Kurzem noch Stress mit Pietra über das Sorgerecht von Rica. Vielleicht ist der Streit ausgeufert.«

»Keine Ahnung. Ich mach uns erst mal einen Tee.« Rup seufzte und man hörte ihn Kräuter mörsern.

Fabia schlich weiter und wollte gerade am Wohnzimmer vorbei zum Bad schlüpfen, als ihr aus dem Augenwinkel etwas auffiel. Verwundert blieb sie stehen und spähte in den Raum.

Johann verhielt sich merkwürdig.

Sie trat einen Schritt zur Seite, damit er sie nicht sehen konnte, falls er sich umdrehte. Sie beobachtete, wie er die Wand abtastete, und zwar genau in der Höhe, in der sich die Geheimtür befand.

Ein leises Klicken ertönte, gefolgt von einem Seufzen. Johann musste den Riegel entdeckt haben, den Papa nachträglich dort angebracht hatte. Eine unsichtbare Macht schnürte sich um Fabias Brust, sie konnte mit einem Mal kaum atmen. Johann wusste vom Geheimgang? Und hatte ihn entriegelt? Was ging hier vor? Ihre Gedanken rasten.

»Was tust du da?«

Sie zuckte zusammen und drehte sich zu ihrem Vater um.

Der blickte sie mit zusammengezogenen Brauen an. Seine Stimme klang gefährlich leise. »Spionierst du jetzt auch noch unseren Freunden nach?«

Fabia wusste aus Erfahrung, dass sie darauf besser nichts erwidern sollte. Unverbindlich zuckte sie mit den Schultern. »Muss auf die Toilette.«

Sie duckte sich unter seinem Arm hindurch und eilte ins Bad. Schnell schloss sie die Tür und ließ sich an ihr hinab auf den Boden sinken. Fragen häuften sich in ihrem Kopf. Woher kannte Johann die Tür? Und wieso hat er sie aufgesperrt?

»Fabia?« Kion stand vor der Tür. »Alles gut?«

Sie sprang auf, musste ihre Beobachtung mit jemandem teilen. Hektisch riss sie die Tür auf und blickte in das Gesicht ihres Bruders. Doch im Hintergrund erkannte sie, wie Papa Johann zur Tür brachte, und sie klappte ihren zuvor geöffneten Mund zu. Schweigend gingen die beiden zurück in ihr Zimmer. Sowie die Tür hinter ihnen ins Schloss gefallen war, wandte sich Fabia an Kion.

»Johann hat den Geheimgang geöffnet!« Sie spürte ihre Stimme zittern, so aufgeregt und erhitzt fühlte sie sich.

»Das bedeutet, dass …« Sie erstarrte. Ja, was bedeutete das?

Gehörte Johann zu den Verbrechern? War Johann der Dieb? Ihre Gedanken überschlugen sich, aber sie spürte eines deutlich: Enttäuschung. Ermattet ließ sie sich auf ihr Bett fallen.

»Aber das bedeutet ja, dass Johann Papa bestohlen hat«, sagte sie monoton. Das wollte sie nicht glauben. Alles in ihr sträubte sich gegen die Erkenntnis.

»Jetzt beruhige dich.« Kion setzte sich nachdenklich zu ihr aufs Bett. »Was genau hast du gesehen?«

»Er suchte an der Wand nach der Geheimtür und als er sie gefunden hatte, hat er sie entriegelt.« Sie hatte das Bild genau vor Augen.

»Bist du sicher? Vielleicht hat er auch nur überprüft, ob die Tür offen oder verriegelt ist. Ich kann mir denken, dass Papa ihm von dem Gang erzählt hat und er sich einfach nur davon überzeugen wollte, dass es den Tunnel tatsächlich gibt.«

»Quatsch!« Doch Kions ruhige Art wirkte sich auf sie aus. Allmählich kam ihr Inneres zur Ruhe und ordnete sich.

»Möglicherweise hat er die Tür danach auch wieder verschlossen. Ich weiß es nicht, Papa hat mich erwischt. Aber kannst du dir das vorstellen? Johann ist seit Jahren Papas Freund, ich will nicht glauben, dass er ihn so hintergeht. Er darf einfach nicht mit den Verbrechern unter einer Decke stecken.«

Sie bemerkte, wie flehend sich ihre Stimme anhörte.

»Ich auch nicht«, sagte Kion. »Er hat immer Pech mit seinen Mitarbeitern. Andrina hatte ihn auch betrogen, mit ihren Tierversuchen. Da fällt mir ein …« Er blickte auf, sein Gesicht nachdenklich. »Gestern Nacht bin ich wach geworden und war in der Küche, um etwas zu trinken. Auf dem Weg hatte ich kurz den Eindruck, Geräusche aus dem Wohnzimmer zu hören. Aber Mama und Papa haben bereits geschlafen, da tat ich es als Hirngespinst ab. Doch jetzt frage ich mich, ob da nicht doch etwas war. Vielleicht hat jemand ein weiteres Mal versucht, bei uns einzubrechen und dabei festgestellt, dass die Geheimtür verriegelt ist.«

Verblüfft schwieg Fabia für einige Herzschläge. Ein Schauer lief ihr über den Rücken. Die Einbrecher waren zurückgekehrt?

»Warum hast du nichts gesagt?« Ihre Stimme bebte.

Kion zuckte mit den Schultern. »Ich dachte, ich habe es mir nur eingebildet.«

»Das bedeutet, dass Papas Papiere weiterhin in Gefahr sind. Wir müssen ihm Bescheid sagen. Er muss den Gang schließen und die Polizei rufen«, sagte Fabia.

Das brachte ihr einen grüblerischen Blick Kions ein.

»Was?«, fragte sie. Wenn er so schaute, hatte er eine Idee.

»Ich glaube nicht, dass Papa uns zuhören würde. Er ist immer noch wütend. Und wir haben keinen Beweis, dass es tatsächlich Johann war.«

»Also sollen wir weiter herumsitzen und Däumchen drehen?«, fragte sie entmutigt.

Kion verschränkte die Arme vor der Brust. »Nein. Ich vermute, der Dieb wird heute Nacht wiederkommen. Das Einzige, das ihn vom erneuten Eindringen in unsere Wohnung abgehalten hat, war die verriegelte Tür. Wir legen uns heute Abend auf die Lauer. Wenn der Dieb kommt, folgen wir ihm.«

»Warum das?« Sie spürte ein mulmiges Gefühl in ihrer Magengegend. Dem Einbrecher in die Tunnel folgen? Sie könnten einfach den Riegel wieder vorschieben. Doch auch ihre Abenteuerlust meldete sich. Noch versuchte Fabia, sie zu ignorieren.

»Es bringt Papa nichts, wenn nur die eine Hälfte der Papiere da ist. Er benötigt auch die andere. Und die Polizei findet sie nicht. Vermutlich, weil sie den Falschen haben. Wenn wir dem Dieb folgen, bringt er uns vielleicht an den Ort, an dem der Rest der Pläne liegt. Dann kann Papa sie immer noch rechtzeitig zum Amt bringen.«

Sie nickte. Die Idee klang gefährlich, war aber vielleicht die einzige Möglichkeit, die sie hatten. Eine Sache störte sie jedoch: »Aber wenn wir es nicht schaffen, ihn zu verfolgen, hat der Dieb die vollständigen Pläne.«

Dafür hatte Kion eine Antwort. »Wir stellen Fälschungen her. Ich weiß, wo Papa die Blätter hingelegt hat. Wir borgen sie aus und erstellen Kopien, natürlich mit falschen Zeichnungen und anderen Sätzen. Die legen wir dann ins Wohnzimmer. Der Dieb wird im Dunkeln sicher nicht bemerken, dass es gefälschte Papiere sind.«

»Genial«, sagte Fabia beeindruckt. Sie hatte ihrer Abenteuerlust nach Kions zweitem Satz nachgegeben.

Sie warteten, bis ihre Eltern für einen abendlichen Spaziergang die Wohnung verließen. Fabia suchte Papier, Stifte, Lineale und Radiergummi zusammen. Kion schlüpfte aus dem Zimmer und kehrte kurz darauf mit den Plänen zurück. Sie machten sich sofort an die Arbeit.

Fabia ahmte, so gut es ging, die Schrift ihres Vaters nach. Dabei schrieb sie die Begriffe um und erfand

Folgt dem Dieb!

Es klopfte an der Zimmertür und Lara schaute hinein. »Wir gehen ins Bett. Lasst uns morgen in Ruhe über alles Sprechen. Gute Nacht.«

»Gute Nacht«, echoten die Zwillinge.

»Papa hat sich wohl beruhigt«, sagte Kion tonlos, als die Tür ins Schloss fiel.

Fabia nickte. Sie wusste, dass Kion unter der Situation litt. Immer schon hatte er einen besonders guten Draht zu ihrem Vater gehabt, doch das Verhältnis hatte einen Knacks bekommen. Hoffentlich würde das Gespräch positiv verlaufen.

Mit dem Versuch, überzeugend zu klingen, sagte sie: »Wir werden ihnen beweisen, dass wir recht haben. Dann werden sie uns bestimmt auch verzeihen.«

Kion antwortete nicht.

Nachdem eine Weile lang nichts mehr in der Wohnung zu hören war, schlichen sie ins Wohnzimmer. Fabia rutschte bäuchlings unter den Sessel. Die Tagesdecke würde sie verbergen. Im schwachen Licht des Leuchtmooses vom Flur konnte sie schemenhaft Kion beobachten, der die Pläne auf dem Tisch verrückte und halb mit der Tageszeitung bedeckte. Er versteckte sich unter dem Sofa.

Nun hieß es warten.

Nervös starrte sie unter der Decke hervor. Ihr war nie aufgefallen, wie viele Geräusche nachts zu hören waren. Es knackte und knarrte, das leichte Schwanken des Baumes war durch den Boden zu spüren. Gänsehaut kroch ihr den Rücken empor und sie musste an die Ohrwürmer denken. Was für Insekten wohl unter dem Sessel lebten? Sogleich begannen ihr Hinterkopf und ihr Fuß zu jucken.

Sie zuckte zusammen, als sie ein Geräusch hörte. Gleich darauf hätte sie am liebsten geflucht. Dem Magengrummeln nach zu urteilen, hatte Kion Hunger. Ihr Herz hämmerte durch den Schreck gegen ihre Brust.

Da! Wieder ein Laut! Diesmal kam er aus der Wand. Schritte näherten sich. Vor lauter Anspannung hielt sie den Atem an. Mit einem leisen Knarren öffnete sich wie von Geisterhand die Geheimtür und schwang auf.

Tatsächlich. Sie hatte es bis zum letzten Moment nicht glauben wollen. Und doch sah sie eine dunkle

Gestalt ins Wohnzimmer schleichen. Sie war in schwarz gekleidet, das Gesicht vermummt.

Fabia war erstarrt, warum musste ausgerechnet jetzt ihr Fuß wieder jucken? Sie befürchtete, man könnte ihr pochendes Herz bis in den Nachbarbaum hören. So leise wie möglich atmete sie aus.

Der Fremde huschte auf den Wohnzimmertisch zu, drehte auf halbem Weg ab und untersuchte den Schrank. Da er nichts fand, eilte er weiter zur Kommode und inspizierte sie hastig. Er wanderte mit einer Sicherheit durch den Raum, die Fabia erstaunte.

Der Eindringling näherte sich dem Tisch und machte sich daran, die Zeitungen lautlos zur Seite zu legen. Seine Bewegungen stockten, ein leiser Schnaufer war zu hören. Er nahm die gesuchten Papiere in die Hand.

Fabia meinte, seine Hände zittern zu sehen. Beinahe hätte sie geschnaubt. Klar, endlich hatte er erreicht, was er wollte. Gleich darauf lief ihr ein Schauer über den Rücken. Konnte das Johann sein? Sie betrachtete die Gestalt. Die Größe und der Körperbau könnten zu Papas Assistent gehörten.

Der Dieb schlich zurück durch den Geheimgang. Lautlos schloss er die Tür hinter sich. Allmählich verhallten seine Schritte.

Hastig kletterte Fabia aus ihrem Versteck hervor. Auch Kion hatte sich aufgerichtet. Aus ihrem Rucksack holte sie ein kleines Stück Leuchtmoos. Mit einem leisen Quietschen, das ihr die Haare zu Berge stehen ließ, öffnete sie die geheime Tür. Gänsehaut kroch ihr den Nacken hinauf, als sie gemeinsam die ersten Stufen hinabstiegen.

Natürlich war es hier unten zu jeder Tageszeit dunkel. Aber durch die Gänge zu gleiten in dem Wissen, dass gerade tiefste Nacht war, raubte ihr den Atem. Glücklicherweise ging Kion vor ihr. Bei der Abzweigung am Ende der Treppe angekommen, lauschte er kurz und wandte sich nach rechts. Für eine Weile gingen sie nahezu lautlos hintereinander her, einzig und allein ihre schnellen Atemzüge waren zu hören.

Sie stiegen eine Treppe hinauf, die sie zuvor noch nicht erkundet hatten. Mit aufkommender Panik wurde Fabia klar, dass sie den Weg nicht markiert hatten. Würden sie zurückfinden? Dann sah sie vor sich eine Bewegung und ihr fiel ein Stein vom Herzen. Ihr Bruder dachte an alles, er kritzelte eine kleine weiße Markierung an die Wand. Er schenkte ihr ein aufmunterndes Lächeln und Fabia wurde bewusst, wie verschreckt sie aussehen musste.

Beschämt wandte sie ihren Blick nach unten. Sie gelangten an eine Kreuzung. Kion schaute um eine Ecke und hob seine Hand, um sie zum Anhalten aufzufordern. Nervös versuchte sie, nicht mit dem Bein zu wippen.

Er drehte sich um und flüsterte: »Da ist ein Raum und der Dieb scheint auf etwas zu warten.«

Auf der Unterlippe kauend stellte sie sich neben ihn und spähte vorsichtig um die Ecke. Tatsächlich. Der Unbekannte stand mitten in einem größeren Raum. Hinter ihm war ein weiterer Gang, an deren Ende ein rechteckiger Umriss und düsteres Licht eine Öffnung andeutete.

Mit einem Quietschen, das sich in der Dunkelheit unheimlich laut anhörte, öffnete sich die Tür. Eine weitere Gestalt kam herein und ging zielstrebig auf den Dieb zu. Durch das Leuchtmoos in den Händen der Person konnte man sehen, dass auch sie vermummt war. Lediglich die gelben Augen waren zu sehen, die den Dieb finster musterten.

»Und?« Der Neuankömmling besaß eine dunkle, heisere Stimme.

Fabia hatte das Gefühl, sie zu kennen.

»Hier sind sie«, raunte der Dieb. Er überreichte die Papiere und der andere entriss sie ihm förmlich.

Käfermist! Fabia ballte die Hände zu Fäusten. Dabei hatten sie wissen wollen, wo der Dieb wohnte, oder die andere Hälfte der Papiere versteckte. Sie hatten nicht daran gedacht, dass er sie weitergeben könnte.

Ein Geräusch ließ sie zusammenzucken. Ihr rutschte das Herz in die Hose. Das durfte nicht wahr sein! Doch das klackernde Geräusch von kurzen, vielen Beinen brachte ihr die bittere Erkenntnis, dass die Ohrwürmer zurückgekehrt waren. Sie kamen aus dem Gang vor ihnen und würden bald ihren Aufenthaltsort erreicht haben.

»Was ist das?«, ertönte die Stimme des Diebes. »Verdammt, was wollt ihr hier?«

Fabia drehte sich erschrocken um die eigene Achse. Die beiden Verbrecher starrten sie direkt an.

»Weg hier!« Kion machte einen Schritt rückwärts. Dabei stieß er gegen Fabia und brachte sie beide aus dem Gleichgewicht. Polternd stürzten sie zu Boden. Die Ohrwürmer kamen näher und die Männer bewegten sich auf sie zu.

Kion rappelte sich als Erster auf und riss Fabia hoch. Taumelnd kam sie auf die Beine. Sie rannten los. Den Gang zurück, durch den sie gekommen waren. Sie strauchelte erneut, wurde von ihm weitergezogen. Die Treppen hinunter, links, rechts, geradeaus.

Schwer atmend blieben sie stehen. Lauschten. Fabia konnte ihren eigenen Atem und den Kions vernehmen, ansonsten war es still. Für ein paar lange Augenblicke standen sie im Dunklen, das Leuchtmoos in ihrer Hand gab nur ein schwaches Licht von sich.

»Ich glaube, sie sind uns nicht gefolgt.« Kion atmete schwer.

Sie nickte. »Ja, ich denke auch. Hast du ihn erkannt? Den Dieb?«

Ihre Stimme zitterte, die Enttäuschung war groß.

»Ja, es war Johann«, erwiderte er seufzend. »Den anderen habe ich nicht erkannt. Ich hatte gehofft, dass es nicht Johann ist. Aber vielleicht ist das alles ein Missverständnis.«

Sie wünschte sich nichts sehnlicher, als dass er recht hatte. »Wir sollten nach Hause gehen.«

Schweigend folgten sie den weißen Kreidemarkierungen an den Wänden und fanden ohne Schwierigkeiten den Heimweg. Fabia kaute auf ihrer Unterlippe. Alles war schiefgelaufen! Sie hatten die Papiere nicht bekommen, der Dieb war entkommen, und sie mussten feststellen, dass es wirklich Johann gewesen war! Konnte es schlimmer kommen?

Sie fand die Antwort auf diese Frage direkt hinter der Geheimtür.

***

»Was, zum Kuckuck, habt ihr beiden schon wieder im Tunnelsystem zu suchen?«

Die ruppige Stimme ihres Vaters war wie ein Schlag ins Gesicht. Fabia fühlte einen dicken Klumpen in ihrem Bauch. Zitternd kletterte sie aus dem Geheimgang hinaus und spürte die bitterbösen Blicke ihrer Eltern. Sie konnte ihnen lediglich kurz standhalten, bevor sie mit heißem Kopf die Augen niederschlug.

Lara erhob sich vom Sofa und ging an Fabia und Kion vorbei. Ein leises Klicken verriet ihnen, dass die geheime Tür wieder verschlossen war.

»Wir …«, begann Kion, wurde jedoch sofort unterbrochen.

»Ich schlage vor, ihr beiden geht in euer Zimmer und bleibt den Rest der Nacht dort. Wir reden morgen.« Rups Stimme zitterte vor unterdrückter Wut.

Ohne ihren Blick vom Boden zu heben, beeilte sich Fabia, dem Befehl nachzukommen. Im Zimmer angekommen, ließ sie sich matt auf ihr Bett sinken und vergrub das Gesicht in ihren Händen. Sie spürte die Tränen kaum, die sich aus ihren Augen lösten und ihre zitternden Finger benetzten.

Was hatten sie sich gedacht? Wieso waren sie auf die dämliche Idee gekommen, dem Dieb auflauern zu wollen? Und was hatten sie damit erreicht? Nichts. Die Wut ihrer Eltern war größer denn je und würde dieses Mal unter Garantie nicht so rasch abklingen.

»Das war der totale Reinfall«, brummte Kion und rieb sich die Augen.

Auch sie spürte, wie sich hinter ihren Schläfen Kopfschmerzen anbahnten. Sie setzte sich aufrecht und blickte hinüber zu Kion.

»Wir wissen jetzt, dass Johann mit drin steckt. Ich wünschte mir fast, ich würde es nicht wissen. Wieso macht er das? Ich verstehe das einfach nicht. Und was sollen wir morgen Mama und Papa sagen? Sie werden uns niemals glauben. Und ich kann es ihnen auch nicht übel nehmen«, schnaubte sie.

Er nickte schwerfällig. »Obwohl wir jetzt wenigstens wissen, dass Johann einen Komplizen hat. Und …«

Er sah mit weit geöffneten Augen zu ihr auf. »Wir wissen, dass Raban Mooshammer unschuldig ist! Die Polizisten halten den Falschen fest!«

»Natürlich«, murmelte sie und ihre Aufregung kehrte zurück. »Aber auch das muss uns Papa erst einmal glauben.«

Gedanklich beim morgigen Gespräch zogen sie sich die Schlafanzüge an und legten sich in ihr Moosbett. Fabia merkte erst jetzt, wie müde sie war. Ihre Glieder fühlten sich unendlich schwer an. Und doch konnte sie lange Zeit nicht einschlafen. Ihr wirbelten viele Gedanken durch den Kopf.

Am nächsten Morgen stand sie erschöpft auf. Sie fühlte sich deprimiert, aber auch aufgeregt. Hoffentlich würde ihr Vater sie ausreden lassen!

Auch Kion stand auf und zog sich an. Sie warfen einander einen langen Blick zu, dann nickte Fabia entschlossen.

Ihre Tür wurde aufgerissen und sie zuckte dermaßen zusammen, dass sie beinahe vom Boden abhob.

Rup stand in der Tür, fuchsteufelswild und etwas panisch. »Wo sind sie?«

Irritiert konnte Fabia ihn nur ansehen. »Was …?«, begann sie, wurde aber sogleich wieder unterbrochen.

»Meine Pläne! Sie lagen im Wohnzimmer auf dem Tisch!« Rups Nasenflügel bebten.

»Die sind hier!«, sagte Kion rasch und zog die Originale unter seinem Bett hervor. Er hielt sie Rup entgegen und wollte weitersprechen, doch kam er nicht dazu.

»Spinnt ihr eigentlich?« Rup verlor die Fassung. »Ich suche sie seit einer Stunde! Und ihr habt sie unter dem Bett versteckt? Ich dachte, der Dieb ist zurückgekommen und hat sie sich geholt! Wie könnt ihr mir so einen Schrecken einjagen?«

Er riss Kion die Pläne aus der Hand und machte auf dem Absatz kehrt. In der Tür hielt er an und drehte sich zu ihnen. »Ihr bleibt hier!«

Mit einem lauten Knall zog er die Tür hinter sich zu.

Fabia hatte das Gespräch mit wild klopfendem Herzen verfolgt. Worte besaß sie keine. Sie blickte entgeistert auf die geschlossene Tür und ließ sich resigniert aufs Bett fallen.

Tamo ist verschwunden!

Fabia hörte Schritte näherkommen und setzte sich auf. In der letzten halben Stunde hatte sie rücklings auf dem Bett gelegen und Löcher in die Luft gestarrt.

Es klopfte an die Tür und Rup trat ein. »Kommt ihr beiden bitte mit ins Wohnzimmer?«

Fabia tauschte einen unsicheren Blick mit Kion, als sie nach nebenan schlurften.

Lara saß im Sessel, Rup stellte sich direkt vor die geheime Tür – ob das Absicht war?

»Setzt euch«, sagte er kurz angebunden.

Sie ließen sich auf das Sofa nieder, unter dem einer der beiden in der letzten Nacht ein Versteck gefunden hatte. In Erwartung eines erneuten Donnerwetters blickte Fabia ihren Vater an.

Der seufzte. »Mein Ausbruch vorhin tut mir leid. Wir haben uns große Sorgen um euch gemacht. Ihr wisst es nicht, aber euer Onkel und ich haben früher andauernd in diesen Tunneln gespielt. Eines Tages hat uns eine Maus überrascht. Sie bekam bei unserem Anblick Panik und hat Onkel Tino gebissen. Bis wir es wieder aus dem Tunnel in die Wohnung und von hier aus zum Arzt geschafft hatten, wäre er beinahe verblutet.«

Das schlechte Gewissen suchte sich mit aller Macht den Weg zurück in Fabias Eingeweide und zerrte an ihnen wie ein Herbststurm. Tränen rannen ihr über die Wangen, doch sie wischte sie weg.

»Es tut uns leid«, murmelte Kion.

»Ja, wirklich.« Fabia wollte mehr sagen, ihr Verhalten erklären, es wieder gut machen. Doch sie befürchtete eine sofortige Unterbrechung und zögerte.

Rup seufzte. »Ihr habt uns sehr enttäuscht, als wir erfahren haben, was in den letzten zwei Wochen alles geschehen ist. Ich möchte verstehen, was mit euch los ist. Deshalb erwarte ich auf die folgende Frage eine ehrliche Antwort: Was hat das alles mit meinen verschwundenen Plänen zu tun?«

Verwundert sah Fabia ihren Vater an. Erkannte sie ein Flehen in seiner Stimme? Rup wedelte mit den Zetteln umher.

»Also«, begann sie vorsichtig. Da sie nicht unterbrochen wurde, fasste sie Mut und sprach schneller weiter.

»Wir kennen den Gang seit Beginn der Frühlingsferien und haben vermutet, dass der Dieb ihn genutzt haben könnte. Wir haben ganz in der Nähe eines Ausgangs auf Ebene Sieben den Mann gesehen, der am selben Tag wie wir bei dir im Labor war. Du weißt schon, der mit dem fehlenden Fühler. Sein Name ist Goli. Wir dachten, er wäre der Dieb, weil er uns im Labor so seltsam vorgekommen ist. Und als wir mitbekommen haben, dass er nach Wurzelingen gefahren ist, wollten wir hinterher.«

Kion ergriff das Wort: »Ihr habt uns mit der Nachricht über den möglichen Auszug ziemlich geschockt. Und irgendwie hatten wir beide das Gefühl, etwas unternehmen zu müssen. Im Nachhinein gesehen waren all die Unternehmungen gefährlich und mitunter auch nutzlos. Allerdings haben wir gestern etwas wirklich Wichtiges herausgefunden.«

Fabia übernahm. »Wir haben uns gestern Nacht auf die Lauer gelegt. Von den restlichen Plänen haben wir vorher Kopien angefertigt und die Originale in unserem Zimmer versteckt.«

Sie traute sich nicht, ihre Eltern beim Erzählen anzublicken. Und Johann ließ sie vorerst außen vor. Das wollte sie Papa in diesem Augenblick noch nicht antun.

»Und tatsächlich kam nach Mitternacht eine Person durch den Geheimgang und hat die gefälschten

Papiere mitgenommen. Da sind wir hinterhergelaufen.«

»Warum zum Kuckuck habt ihr das getan?«

Sie blickte auf. Die Wut in Rups Gesicht war einem bekümmerten Ausdruck gewichen.

Lara blickte sorgenvoll von einem zum anderen. »Warum habt ihr uns nicht geweckt? Warum habt ihr uns gestern Abend nicht Bescheid gesagt?«

»Hättet ihr uns denn geglaubt?« Kion brachte all ihre Sorgen auf den Punkt.

Zuerst schienen sowohl Rup als auch Lara das spontan bejahen zu wollen, dann stockten beide. Sie tauschten einen langen Blick.

»Vermutlich nicht«, gab Rup seufzend zu und setzte sich zu Lara auf die Sessellehne. Er rieb sich müde die Schläfen. »Was ist danach passiert?«

Fabia berichtete von ihrer Entdeckung, dass es zwei Täter waren und wie sie wieder heimgekommen waren.

»Um Himmels willen, was macht ihr nur für Sachen!« Rup sprang wieder auf. »Das bedeutet, Raban ist nicht der Dieb. Aber wer ist es dann?«

Bevor sie antworten konnte, klingelte es an der Tür.

»Wer kann das sein?« Lara stand auf und lief in den Flur.

»Hör mal, Papa«, fing Fabia an, doch sie verstummte. Ihr war klar, dass sie es ihm sagen musste. Die Worte wollten einfach nicht aus ihr heraus.

»Schon in Ordnung«, seufzte Rup. »Bitte seid in Zukunft ehrlich zu uns. Ich verspreche, euch anzuhören.«

Mit einem Kloß im Hals nickte sie. Erleichterung durchflutete sie, ihre Eltern waren nicht mehr böse auf sie. Und doch musste das Wichtigste noch gesagt werden.

Laute Stimmen aus dem Flur ließen sie aufblicken. Im Türrahmen erschien Lara mit Frau Baumgarten. Im Schlepptau eine humpelnde Freya und Gigant. Die Stimmung schlug um, etwas musste geschehen sein.

»Wo ist Tamo?« Kion erhob sich vom Sofa.

»Das wollte ich euch fragen!«, rief Frau Baumgarten mit zitternder Stimme.

»Er und Konstantin wollten gestern Abend noch eine Runde draußen drehen. Sein Cousin ist ja nicht so oft zu Besuch. Ich bin wie immer frühzeitig ins Bett gegangen. Und heute Morgen habe ich festgestellt, dass die beiden nicht da sind. Stattdessen habe ich eine aufgeregte Gigant vor der Tür gefunden. Sie hatte Blut im Mundwinkel!«

Eiskalt lief es Fabia den Rücken hinunter.

Auch Rup hatte Eins und Eins zusammengezählt. »Waren die beiden zusammen mit euch da unten?«

Sie verneinte. »Aber ich kann mir vorstellen, dass die beiden einen Abstecher dorthin gemacht haben.«

Siedend heiß fielen ihr die Ohrwürmer ein. Oder waren die Jungs von den Männern gefasst worden? Ein Horrorszenario nach dem anderen spulte vor ihrem inneren Auge ab. Sie bekam am Rande mit, wie Rup in Kurzform von ihrem nächtlichen Abenteuer und den letzten zwei Wochen erzählte.

Ermattet ließ sich Frau Baumgarten in den Sessel fallen und schüttelte resigniert den Kopf. »Es tut mir leid. Tamo ist manchmal so ungestüm. Sicherlich hat er eure beiden mit seiner Abenteuerlust angesteckt. Ein Geheimgang und ein Diebstahl, das ist genau das Richtige für ihn.«

Freya setzte sich auf die Lehne und tätschelte ihrer Mutter den Rücken.

»Nein, das ist nicht Tamos schuld!«, sagte Fabia vehement. »Kion und ich haben uns das selbst zuzuschreiben. Wir haben in den letzten Tagen ganz schönen Mist gebaut.«

Bevor eine Diskussion ausbrechen konnte, klingelte es erneut an der Tür.

»Vielleicht ist er das!« Lara eilte in den Flur.

Frau Baumgarten wuchtete sich aus dem Sessel und wollte ihr folgen.

»Johann?« Die Verwunderung war aus Laras Stimme deutlich herauszuhören.

Fabia und die anderen starrten zur Tür, in der Ruprechts Mitarbeiter erschien, dicht gefolgt von Lara. Er war blass und zitterte.

Sein Blick suchte kurz den von Fabia und Kion, bevor er zu Rup sagte: »Es tut mir so leid.«

Irritiert starrte Rup seinen Freund an.

Johanns Augen weiteten sich, als sein Blick den Fabias traf. »Habt … habt ihr nichts gesagt?«

»Wir hatten noch keine Gelegenheit« Es erschreckte Fabia zutiefst, Johann derart verzweifelt zu sehen. So sah jemand aus, der etwas Schreckliches getan hatte. Aber da war noch mehr.

In dem Moment kreischte Gigant auf und flatterte im Zickzack auf Johann zu. Der Assistent schlug die Arme über dem Kopf zusammen und schützte sein Gesicht vor der Nano-Fledermaus. »Hör auf! Nicht schon wieder!«

»Gigant!«, rief Frau Baumgarten geschockt. »Komm sofort zurück!«

Die Fledermaus ließ von ihm ab, doch beruhigte sie sich nicht. Mit schrillem Fiepen setzte sie sich auf den Wohnzimmertisch und hopste auf und ab.

Fabia verstand ihr Verhalten nicht. Hatte Johann einen seltsamen Geruch an sich, den Gigant nicht leiden konnte?

»Sein Arm!« Bei Kion hatte es offenbar Klick gemacht. Er starrte Johann an, der sich seinen – mit einem Verband umwickelten – linken Arm hielt.

Und sie begriff. Gigant musste in der Nacht eine unliebsame Begegnung mit Johann gehabt haben, daher das Blut an ihrer Schnauze und ihre aggressive Haltung dem Mann gegenüber. Das bedeutete, dass die Jungs und die Verbrecher aufeinandergestoßen waren. Hatte Johann etwas mit dem Verschwinden der beiden zu tun?

»Wo sind Tamo und Konstantin?«, fragte sie Johann.

Er zuckte fürchterlich zusammen, als hätte sie ihn angeschrien.

»Kann mir mal jemand erklären, was hier los ist?« Rups Blick hüpfte zwischen seinen Kindern und dem Assistenten hin und her.

»Es war Johann, der heute Nacht hier eingebrochen ist«, erklärte Kion tonlos.

Für einen langen Augenblick hörte man in der Wohnung nur Gigants aufgeregtes Fiepen. Dann brach ein großes Durcheinander aus.

Frau Baumgarten erkundigte sich sofort nach Tamo, während Freya aufsprang und Gigant zurückhielt, die im Trubel erneut auf Johann losgehen wollte. Mit lauten Worten versuchten Rup und Lara, alle zu beruhigen. Fabia und Kion hatten nur Augen für Johann.

Der reagierte für eine Minute überhaupt nicht, dann fiel er auf die Knie. Schlagartig wurde es still im Zimmer.

»Es tut mir so leid! Ja, ich war es. Ich war in der letzten Nacht hier. Bitte glaube mir, Rup, ich musste es tun. Ich hatte gar keine andere Wahl! Wenn ich nicht gehorcht hätte, dann …« Er verstummte. Seine Lippen waren zu einem schmalen Streifen zusammengepresst.

»Aber wo ist mein Tamo?«, fragte Frau Baumgarten mit zitternder Stimme.

Johann zuckte zusammen, und sein Gesicht wurde noch blasser, soweit dies möglich war. Aber kein Wort kam über seine Lippen.

»Wir sollten zur Polizei gehen«, sagte Rup ruhig. Seine Stimme klang gefasst.

Ohne zu protestieren, ließ sich Johann vom Boden hochziehen und aus dem Raum bugsieren. Einen Augenblick später hörten sie die Eingangstür ins Schloss fallen.

Fabia schaute in die Runde. Die letzten Minuten waren wie ein Orkan über sie hinweggefegt und hatten reines Chaos hinterlassen.

»Ich glaub, ich koche uns einen Tee«, murmelte Lara und zog Frau Baumgarten mit sich in die Küche.

Auf frischer Tat ertappt

Fabia, Kion und Freya blieben schweigend mit Gigant zurück. Richtig begriffen hatte Fabia die Ereignisse der letzten vierundzwanzig Stunden nicht. Erst ihre Entdeckung, dass Johann in die Sache verwickelt war. Dann der Diebstahl der gefälschten Papiere. In den Tunneln waren sie entdeckt und von Ohrwürmern gejagt worden.

Heute erfuhren sie, dass auch Tamo und Konstantin nachts unterwegs gewesen waren und vermisst wurden. Am wenigsten hätte sie damit gerechnet, dass sich Johann stellen würde. Er war ihr so hilflos vorgekommen und hatte seltsame Dinge von sich gegeben.

»Ich verstehe das nicht«, murmelte sie. »Warum hat er das getan?«

»Wer war der Mann überhaupt?« Während sie sprach, stand Freya stirnrunzelnd auf. Etwas schien ihre Aufmerksamkeit erregt zu haben.

»Das war Papas Assistent. Johann arbeitet seit Jahren für ihn, sie sind gute Freunde. Deshalb kann ich es auch nicht glauben.«

Frustriert ließ sich Fabia in den Sessel fallen und sah Kion an. Der blickte gedankenversunken drein und sie ahnte, dass ihm was Wichtiges durch den Kopf flog. »Was denkst du?«

»Er sagte doch, dass er gezwungen worden war. Wenn wir den Gedanken mal weiterspinnen, führt er uns zu der Frage: Wenn es Zwang war, dann von wem? Und wie hat derjenige ihn dazu gebracht, zu gehorchen? War es Goli? Oder jemand, den wir noch gar nicht kennen? Ist das die unfreiwillige Person, von der Goli geredet hatte?«

»Ich denke, die Frage kann ich beantworten.« Freya tauchte hinter dem Sessel auf. Sie hielt etwas in der Hand und starrte drauf. »Hat Johann eine Tochter?«

Fabia runzelte die Stirn. »Ja, Rica. Wieso?«

Todernst hielt Freya ein Foto empor. »Weil ich glaube, dass sie entführt worden ist.«

»Wie kommst du denn auf diese grässliche Idee?« Fabias Herz klopfte wild. Verdutzt stellte sie sich zu Freya und schaute über ihre Schulter auf die Fotografie. Es war ein Porträt von Johann und Rica. Das kleine Mädchen strahlte in die Kamera.

Freya deutete auf das Bild. »Erinnert ihr euch nicht mehr, was ich euch erzählt habe? Von dem Raum im Tunnelsystem, in dem ein frisches Bett und ein Teddybär lagen? Das hier ist dieser Teddybär. Siehst du, ihm fehlt ebenfalls ein Arm.«

Ein eisiger Schreck fuhr Fabia durch die Glieder. Ihr Herz raste nun und sie zitterte. »Was … sollen wir machen? Meint ihr, Tamo und Konstantin wurden auch geschnappt?«

Kion schritt nervös auf und ab, dabei warf er immer wieder einen Blick auf das Foto. Abrupt blieb er stehen. »Das ist möglich. Was hatte Goli zu dem Mann mit dem Transportdienst gesagt? Dass sie eventuell eine Person mehr sind? Damit hat er bestimmt Rica gemeint. Wir müssen sie suchen.«

»Was?« Fabia starrte ihren Bruder an. »Bist du noch ganz dicht? Wir haben gerade erst einen riesigen Ärger bekommen, weil wir da erneut runtergegangen sind!«

Sie spürte, dass es die einzige Möglichkeit war, und doch sträubte sich alles in ihr. Was, wenn sie sich trotz ihrer vielen Markierungen verliefen? Oder genau wie die arme Rica entführt wurden?

»Fabia!«, rief Freya entrüstet. »Mein Bruder ist vielleicht da unten!«

»Oder aber er ist in den Badetümpel gegangen!«, fauchte Fabia gereizt. Sie sah, wie sich Freyas Augen verletzt weiteten und seufzte.

»Es tut mir leid, Freya. Ich weiß doch, dass er das nicht machen würde. Es ist nur … ich habe Angst.«

Kion lächelte gequält. »Ich doch auch. Aber wir haben keine Zeit. Wenn ich Papa hinterherlaufe, dauert es mindestens eine Stunde, bis wir zur Wache und mit den Polizisten wieder zurück sind. Wir wissen nicht, ob die Entführer über Johanns Ergreifung im Bilde sind. Falls ja, besteht die Aussicht, dass sie Rica woanders hinbringen. Wir sind die Einzigen, die wissen, wo sie sein könnte. Wir dürfen keine Zeit verlieren.«

All die Gründe kannte sie, doch erst mit Kions eindringlichen Zuspruch konnte sich Fabia den entscheidenden Ruck geben. »In Ordnung. Dann los.«

Sie eilte in ihr Zimmer und kehrte mit ihrem Rucksack zurück.

»Ich muss mit!«, sagte Freya wütend.

Sie stand mit verschränkten Armen direkt vor Kion, der Fabia einen hilfesuchenden Blick zuwarf und einwandte: »Du kannst nicht mit, Freya. Das ist zu gefährlich.«

»Das ist mir egal! Mein Bruder und mein Cousin sind da unten!«

Fabia ging zwischen die beiden und bugsierte die protestierende Freya zurück zum Sessel. »Du bleibst hier. Du kannst sowieso nicht weit laufen mit deinem verstauchten Knöchel. Wir brauchen jemanden, der weiß, wo wir sind! Zähle langsam bis Tausend. Wenn wir bis dahin nicht zurück sind, alarmierst du unsere Eltern und alle Polizisten, die ihr erreichen könnt. Dann führst du sie in den Raum, verstanden?«

Missmutig verschränkte Freya erneut die Arme vor der Brust. »Schön«, sagte sie zickig. »Trotzdem müsst ihr den richtigen Weg finden.«

»Dann erklär ihn uns.« Fabia versuchte, ihre Nervosität nicht nach außen dringen zu lassen.

Freya gab ihnen eine genaue Beschreibung des Weges. »Nehmt Gigant mit. Wenn Tamo klug ist und wirklich da unten feststeckt, dann versucht er eventuell, Kontakt zu ihr aufzunehmen.«

Und so wandten sich Fabia, Kion und die Nano-Fledermaus erneut dem Geheimgang zu.

***

Zuerst lief alles genau nach Plan. Mit Freyas Beschreibung kamen sie zügig voran. Doch dann gelangten sie zu einer Stelle, die sich mit der Wegschilderung nicht deckte.

»Entengrütze«, fluchte Fabia und hielt den mittlerweile arg ramponierten Helmling höher. »Und jetzt? Das ist nicht *eine* Abzweigung, das sind *drei*!«

Entmutigt sahen sie einander an. Schließlich zuckte Kion mit den Schultern und zog aus dem Rucksack ein Stück Kreide. »Also wie gehabt.«

Sie folgten dem gewundenen Gang und entdeckten, dass sie in einer Sackgasse gelandet waren. Zurück an der Kreuzung bogen sie in den nächsten Tunnel ein. Der gabelte sich mit einem Mal und Fabia spürte wachsende Verzweiflung. »Sollen wir weitergehen? In Freyas Beschreibung kam doch eine T-Kreuzung.«

»Nach ihrer Beschreibung hätte da auch keine Kreuzung kommen dürfen.« Kion seufzte und kennzeichnete erneut den linken Gang.

Nach ein paar Schritten blieb Fabia alarmiert stehen. Ein Geräusch drang an ihre Ohren, das sie zuerst nicht zuordnen konnte. Auch Gigant wurde nervös. Vorsichtig näherte sich Fabia dem Geräusch und schaute um die nächste Ecke. Verängstigt riss sie den Kopf zurück. Ihr Herz raste.

»Was ist?«, fragte Kion flüsternd.

»Da ist was«, wisperte sie hektisch. »Hast du es nicht gehört?«

Gigant kreischte auf und zischte um die Ecke. Ein Schrei ertönte, dann rief jemand: »Gigant! Bist du von allen guten Sumpfkröten verlassen? Hast du mich erschreckt!«

Erleichtert sprinteten sie um die Ecke und Fabia rief: »Konstantin!«

Er sah erschöpft aus, als wäre er stundenlang durch die Tunnel geirrt. Starr vor Dreck und irgendwie panisch.

Suchend sah Kion umher. »Wo ist Tamo?«

»Der wurde von diesen Verbrechern entführt«, bestätigte Konstantin ihren Verdacht.

»Wir sind gestern Abend durch diesen geheimen Eingang in das Tunnelsystem eingestiegen. Verdammt spannende Sache, muss ich sagen. Na ja, auf jeden Fall haben wir irgendwann Stimmen gehört und sind ihnen gefolgt. Da war dieser Goli und ein anderer Mann, den Tamo irgendwoher kannte. Und eine Frau, ich glaube, ihr Name war … Anda … Andrea … Andri …«

»Andrina?«, fiel ihm Kion ins Wort.

Konstantin nickte. »Ja, genau. Kennt ihr die?«

Jetzt verstand Fabia nichts mehr. Sie tauschte hilflos und verwirrt einen Blick mit Kion. Was hatte Rups ehemalige Gehilfin damit zu tun?

Ihr Bruder schaute allerdings so aus, als hätte er es begriffen. »Natürlich. Wenn Andrina hinter all dem steckt, erklärt es so viel.«

Konstantin unterbrach ihn. »Wie auch immer. Diese Verbrecher haben uns entdeckt. Gigant hat den einen Kerl gebissen und dann sind wir losgerannt. Ich hatte eine Heidenangst! Na ja, und als ich mich dann traute, stehen zu bleiben, waren alle weg. Tamo, Gigant und die Diebe. Noch dazu hatte ich keine Ahnung, wo ich war. Bin stundenlang herumgeirrt, hab zwischendurch mal ein bisschen geschlafen.«

Er holte Luft. »Jedenfalls bin ich vorhin wach geworden, weil ich Stimmen gehört hab. Es waren diese Frau und Goli. Sie hatten Tamo und ein kleines Mädchen aneinandergefesselt. Goli hat davon gesprochen, dass sie heute um Punkt Mittag von dem

Transportdienst abgeholt werden. Und dann sind sie losgestiefelt.«

Es dauerte ein paar Augenblicke, bis sich bei Fabia die Erkenntnis breitmachte. Sie warf einen Blick auf die Uhr. Ihr wurde schwindelig und sie musste sich an der Wand abstützen.

»Entengrütze!«, entfuhr es ihr. »Was machen wir jetzt? Es ist viertel vor Zwölf! Wir müssen in so kurzer Zeit bis zum Waldboden? Das schaffen wir nie!«

»Doch.« Kion war alle Farbe aus dem Gesicht gewichen, aber sein Blick war voller Entschlossenheit. »Wir können das schaffen. Kommt mit.«

Ohne darauf zu achten, ob sie ihm folgten, eilte er an ihr vorbei den Gang zurück, aus dem sie gekommen waren.

Sie schnappte sich Konstantins Ärmel und zog den verwirrten Jungen hinter sich her. Für eine Weile folgte sie Kion, ohne zu ahnen, was er vorhatte. Er passierte die Stelle, an der es hinauf zur Wohnung ging, und durchquerte die Gänge, die sie bei ihrem ersten Ausflug durchsucht hatten. Dann bog er in einen schmalen Tunnel ab, der ihr bekannt vorkam.

Und sie begriff.

»Nein«, hauchte sie entsetzt. Das konnte er nicht ernst meinen!

»Was ist?« Konstantins Stimme klang ängstlich.

Sie wollte es ihm sagen, doch sie bekam es nicht heraus. Sie wusste genau, was auf sie zukam und hatte genug damit zu tun, ihre eigene Angst in den Griff zu bekommen. Das war der einzige Weg. Aber allein der Gedanke daran schnürte ihr den Hals zu und sie konnte kaum atmen.

Sie erreichten den Raum, den Tamo als ihr Geheimversteck auserkoren hatte. Die Sonne musste hoch am Himmel stehen, nur einzelne Lichtflecken fanden den Weg hinein. Noch sieben Minuten. Vielleicht waren sie längst zu spät?

Mit einem flauen Gefühl in der Magengegend sah Fabia zum Fenster. Zu dem gespannten Seil, das bis zum Erdboden führte, und zu den am Boden liegenden Seilrollen, mit denen man die Rutsche hinab gleiten konnte.

»Oh«, sagte Konstantin. Er trat ans Fenster und betrachtete die Seilrutsche. Einen Augenblick später weiteten sich seine Augen.

»Oh«, wiederholte er, während ihm die Farbe aus dem Gesicht wich.

»Hört zu«, sagte Kion bestimmt. »Wir machen jetzt Folgendes. Die Rutsche endet in dem kleinen Brennnesselwald. Von da aus ist es nicht weit zurück zum

Baum. Fabia, du schnappst dir Konstantin und rennst so schnell wie möglich dorthin. Ihr müsst verhindern, dass die Verbrecher mit Tamo und Rica abhauen. Ich hole Hilfe.«

Sie fuhr zu ihm herum. »Was? Du willst mich da unten allein lassen? Du hast sie doch nicht alle …« Ihre Stimme klang seltsam schrill in den Ohren.

»Wir haben jetzt keine Zeit für lange Diskussionen!«, fuhr er sie an. »Außerdem bist du nicht allein. Konstantin ist bei dir. Du schaffst das … und ich hole Hilfe.«

»Wo willst du die herholen?«

»An der Brücke«, sagte er schlicht.

Sie begriff und nickte. Alles in ihr schrie, sie möge sich doch bitte umdrehen, aus dem Raum verschwinden und nie wieder einen Fuß hineinsetzen. Der Gedanke an Tamo und Rica jedoch ließ sie den Mut aufbringen, von dem sie nicht geglaubt hatte, ihn zu besitzen. Sie hob eine der Seilrollen vom Boden auf und trat in den Fensterrahmen.

Mit zittrigen Fingern klinkte sie die Rolle in das straffe Seil ein. Die daran befestigte Schlaufe war lang genug, dass sie sich hinsetzen konnte.

Kion gab ihr einen der Holzbügel in die Hand, die ebenfalls am Boden lagen. »Damit kann man bremsen. Glaube ich.«

Sie versuchte, nicht zu lange darüber nachzudenken und nahm den Bügel. Mit einem letzten Blick zu ihrem Bruder biss sie die Zähne zusammen und stieß sich vom Baum ab.

Der Wind pfiff an ihren Ohren vorbei, ihre Fühler schlackerten. Sie drückte den Kiefer so fest zusammen, dass ihre Muskeln schmerzten. Kein Laut kam über ihre Lippen. Der Boden raste ihr entgegen und sie sah sich bereits gegen einen Stein oder ein Brennnesselblatt prallen. Das Seil verlief flacher, dann tauchte sie in den Wald ein. Hastig hakte sie den Bügel ein. Ihre Geschwindigkeit nahm rapide ab und sie zog ihre Beine an. Mit einem sanften Aufprall landete sie mit dem Gesäß voran auf dem Waldboden. Sie hatte es tatsächlich getan!

Am ganzen Leibe zitternd, konnte sie sich erst nicht bewegen. Der Druck in ihrer Magengegend war einem anderen Gefühl gewichen: unbändiger Freude. Das war der absolute Wahnsinn gewesen! Trotz ihres wie wild klopfenden Herzens und den wackligen Knien, rappelte sie sich auf und entfernte sich von der Seilrutsche. Dabei fiel ihr Blick auf etwas Großes in der Nähe. Zögerlich schritt sie darauf zu, hatte für einen Augenblick die beiden anderen vergessen.

Ein Schrei drang an ihre Ohren und sie zuckte zusammen. Über ihr raschelte es und Konstantin rauschte durch das Blätterdach. Seine Landung war holpriger als die Fabias, doch ein Fleck Erde mehr oder weniger machte bei seinen dreckigen Kleidern keinen Unterschied mehr. Vollkommen ermattet stand er auf und wankte zur Seite.

»Nie wieder.« Sein Gesicht hatte eine grünliche Farbe angenommen.

Ein letztes Mal hörten sie das sirrende Geräusch der Rutsche und Kion kam angerauscht. Er sprang direkt nach der Landung auf die Beine und eilte Richtung Bach.

»Los jetzt!«, rief er ihnen über seine Schulter hinweg zu.

Fabia eilte zu Konstantin und zupfte ihn am Ärmel. »Los, ich habe eine Idee.«

Sie zog ihn hinter sich her und nahm gleichzeitig ihren Rucksack ab. »Hast du zufälligerweise Honigwasser dabei?«

Er befreite sich aus ihrem Griff und nickte. »Wieso?«

»Weniger fragen, mehr machen«, wies sie ihn an und ging geradewegs auf den riesigen Hügel zu, den sie zuvor betrachtet hatte.

»Warte«, zischte er. »Da vorne ist ein Ameisenberg!«

Unbeirrt setzte sie ihren Weg fort. Derweil angelte sie im Rucksack nach ihrem eigenen Trinkbeutel. Die ersten fleißigen Ameisen kreuzten ihren Weg. Ihr war nicht wohl bei dem Gedanken, aber sie öffnete den Beutel und goss ein wenig des gesüßten Wassers auf ihre Hand. Sie wedelte mit dem Arm, sodass die Tröpfchen in alle Richtungen flogen.

Sofort hielten die Ameisen in ihrer Umgebung inne. Es war unheimlich, wie schnell sie darauf reagierten. Fabia spürte eine Gänsehaut auf ihrem gesamten Körper. Sie nahm mit ihren Fühlern Kontakt auf und spürte sogleich die Gier der Tiere. Freya hatte recht, die Ameisen waren wirklich vollkommen versessen auf Honigwasser.

»Wir locken sie zum Baum.« Während sie es erklärte, ging sie rückwärts und rief die Ameisen hinter sich her. Bald waren sie so nah an die beiden herangekommen, dass sie sich umdrehte und los eilte. Immer wieder warf sie einen Blick über ihre Schulter und vergewisserte sich, dass die Ameisen ihr noch folgten. Wenn nötig, benetzte sie ihre

Finger mit dem Erfrischungsgetränk und versprach den Tieren durch ihre Fühler, dass sie es zu trinken bekämen, wenn sie weiter folgten.

Mittlerweile verfolgte sie eine ganze Ameisenschar. Konstantin hatte den Plan begriffen und gemeinsam lockten sie die Insekten weiter.

Sonnenstrahlen fielen Fabia ins Gesicht, sie hatten den Binnenwald verlassen. Erleichtert sah sie, dass nirgends Spuren von den Kaiserzikaden zu sehen waren. Sie verdrängte die Möglichkeit, dass sie zu spät sein könnten.

»Da rauf«, keuchte sie außer Atem und machte sich daran, die Wurzel hinaufzusteigen. Eine Ameise krabbelte neben ihr und sie bespritzte das Tier mit Wasser. Endlich hatte sie den Eingang erreicht. Und wäre beinahe erneut mit Goli zusammengestoßen. Der Verbrecher trat in dem Moment ins Freie, als sie den Eingang erreichten.

»Du!«, rief er verblüfft.

Sie stolperte rückwärts und stieß mit Konstantin zusammen. Beinahe ließ sie ihren Wasserbeutel fallen.

»Da seid ihr ja!«, rief ein grinsender Tamo, der mit einem Seil an ein kleines Mädchen gefesselt war.

»Fabi!«, quietschte Rica, der Tränen über das Gesicht rannen. »Geh schnell weg, der Mann ist böse. Und die Frau auch!«

»Still, du nervige Göre.«

Eine hochgewachsene Frau mit markantem Kinn trat hinter den beiden aus dem Baum. Ihr Blick fiel auf Fabia. »Du? Was willst du denn hier? Und den kleinen Jammerlappen von heute Nacht hast du auch mitgebracht?«

Sie sah zu Goli. »Wann werden wir abgeholt?«

»Er muss jeden Augenblick da sein«, versicherte er.

»Sie gehen nirgendwo hin!« Fabia hoffte inständig, dass ihr Plan funktionierte. Ein Schwenker mit ihren Fühlern verriet ihr, dass die Ameisen noch da waren.

»Und wer will mich daran hindern?«, fauchte die ehemalige Wissenschaftlerin. »Du? Und welche Armee?«

Ihr Blick ging über Fabia hinweg und sie erspähte die unübersichtliche Menge an Ameisen, die in gebührendem Abstand wartete.

Erneut blickte sie Fabia an und lachte. »Lächerlicher Versuch, du dummes Kind.«

Sie wandte sich an Goli. »Los, schnapp sie dir!«

Mit einem letzten Aufruf zu den Ameisen sprang Fabia einen Schritt vor und schüttete den restlichen Inhalt ihres Beutels auf Andrinas Oberteil.

Neben ihr spritzte Konstantin sein Honigwasser auf Golis Hose und in sein Gesicht.

»Was zum Kuckuck …?« Weiter kam der Verbrecher nicht.

Gleich zwei der Ameisen krabbelten auf ihn zu und kletterten an seiner Hose empor. Eine weitere Ameise stürzte sich auf Andrina und begann genüsslich an ihrem Pullover zu saugen.

Chaos brach aus. Andrina begann zu kreischen, Goli schlug um sich. Das störte die Ameisen nicht im Geringsten. Immer mehr kamen hergekrabbelt und setzten sich auf Andrinas Rücken, auf Golis Füße oder tänzelten um die beiden herum.

Lachend fasste Tamo Rica an den Schultern, um ihr ein sicheres Gefühl zu vermitteln. Das kleine Mädchen verfolgte mit großen Augen das Spektakel vor ihr.

Fabia und Konstantin befreiten die beiden von ihren Fesseln und wandten sich dem Trubel zu.

Ein lautes Knacken hinter ihnen brachte Fabia dazu, sich umzudrehen. Sie musste zweimal blinzeln, um zu verstehen, was da auf sie zukam: Zwei

Hornreiter auf ihren Eichhörnchen kamen herangesprungen, auf dem vorderen Nagetier saß ein über beide Fühler grinsender Kion und winkte.

Die Männer sprangen von ihrem Reittier ab und eilten auf das Chaos zu. Vorerst griffen sie nicht ein, sondern beobachteten amüsiert die Darbietung.

Kion stellte sich neben Fabia und lachte. »Super! Wie habt ihr das gemacht?«

»Honigwasser«, sagte sie grinsend.

Sie beobachteten Andrina und Goli, wie sie sich ohne Erfolg gegen ihre Belagerer zur Wehr setzten. Die Ameisen schlürften in aller Seelenruhe die süße Flüssigkeit aus den Kleidern, bis nichts mehr da war. Ein Insekt nach dem anderen krabbelte zurück in den Brennnesselwald. Sie sandten einen letzten Dank an Fabia und waren verschwunden.

Andrina ließ sich ermattet zu Boden gleiten und blickte fassungslos hinter den Ameisen her.

Die Hornreiter stellten sich neben sie. Unmissverständlich machten sie ihnen damit klar, dass sie keinen Gedanken an eine Flucht verschwenden sollten.

Ein Tumult im Tunnel ließ sie alle herumfahren. Ein Polizist, der Freya trug, trat hinaus. Ihnen folgten ein weiteres Dutzend Polizisten sowie Ruprecht. Der ging kopfschüttelnd auf seine ehemalige Mitarbeiterin zu und blickte zu ihr hinab. Sein Gesichtsausdruck war außergewöhnlich ernst.

»Ich hätte es mir denken können«, sagte er. »Johann hat mir alles erzählt. Du warst schon immer hinterhältig und kaltschnäuzig, Andrina. Aber Erpressung und Kindesentführung! Ich glaub, ich steh im Wald!«

Er bückte sich und streckte die Hand aus. »Ich denke, du hast etwas, das mir gehört!«

Mit vor Zorn sprühendem Blick fasste Andrina in ihre Jackentasche und zog ein Bündel Papiere heraus.

Immense Erleichterung durchflutete Fabia. Die Papiere! Endlich waren sie wieder da, wo sie hingehörten. Vielleicht war jetzt doch noch nicht alles verloren!

Rup stand auf und drehte sich von Andrina weg.

Sein Blick streifte Fabia, die ihren Kopf senkte. Sie kaute auf ihrer Unterlippe. Erneut hatten sie gegen eine klare Ansage von ihm verstoßen. Sie waren abermalig in das Tunnelsystem gestiegen und hatten sich in Gefahr gebracht.

Ein Schatten fiel auf ihr Gesicht und sie blickte auf. Vor ihr stand Rup und sie sah etwas, das sie noch nie bei ihm erblickt hatte: Tränen in den Augen.

»Ich danke euch beiden.« Mit einem leichten Ruck zog er sie in seine Arme und Fabia schlang ihre Arme um ihn. Auch ihr liefen Tränen übers Gesicht, dieses Mal wischte sie sie nicht weg.

Rup ließ sie los und nahm auch Kion lange in den Arm.

Jemand zupfte an Fabias Ärmel und sie sah zu Rica hinab. Das kleine Mädchen schaute mit großen Augen zu ihr hoch. »Wo ist Papa?«

Fabia hockte sich neben sie. »Sollen wir zu ihm gehen?«, fragte sie lächelnd und wischte sich über die Wangen.

Ein heftiges Nicken war die Antwort. Rica griff nach Fabias Hand und gemeinsam wandten sie sich an Rup.

Er nickte auf die unausgesprochene Frage. »Johann ist auf dem Polizeirevier. Aber es wird sich alles aufklären. Komm, Rica. Wir bringen dich zu ihm.«

Zusammen machten sie sich auf den Rückweg, den sie dank der Markierungen ohne Probleme fanden. Tamo, Fabia und Kion bildeten das Schlusslicht. Konstantin ging weiter vorne und unterhielt sich mit Rica, die wieder kichern konnte.

»Danke für eure Hilfe«, sagte Tamo. Bevor auch nur einer der Zwillinge etwas erwidern konnte, fügte er laut und selbstbewusst wie immer hinzu: »Das war das erste der vielen zukünftigen Abenteuer der Arboritos! Fortsetzung folgt.«

Fabia schüttelte lächelnd den Kopf. Es gefiel ihr, was Tamo da sagte.

Picknick

Die Sonne schien warm durch das Blätterdach und tauchte alles in ein grünes, frühlingshaftes Licht. Fabia reckte die Nase zum Himmel und schwelgte in den Sonnenstrahlen, die ihren Weg an den Blättern vorbei bis zu ihr fanden.

»Magst du einen Brennnessel-Muffin?«

Freya hielt ihr lächelnd eine Dose hin.

Dankend bediente sich Fabia und biss in das Küchlein hinein.

Sie saß zwischen Freya und Kion. Ihr gegenüber erzählte Tamo eine seiner Geschichten, und Lara lachte amüsiert. Frau Baumgarten genoss gleichermaßen die Sonne und das Picknick.

»Da kommt Papa.« Kion deutete zum Labor.

Fabia beobachtete ihren Vater und lächelte. Er hatte seine Pläne endlich beim Patentamt anmelden können. Die Polizisten hatten Andrina und Goli festgenommen, der Zikadentransport war nie eingetroffen.

»Ich hoffe, ihr habt mir etwas übrig gelassen«, sagte Rup und ließ sich auf die Decke fallen.

»Natürlich, mein Schatz.« Lara lächelte und drückte ihm ein Stück Honigkuchen in die Hand.

»Und?«, fragte Fabia aufgeregt. Rup hatte ein Gespräch mit dem Hauptwachtmeister geführt.

Er schien ehrlich überrascht. »Ach, das wollt ihr wissen?«

»Ja!«, rief die gesamte Truppe im Chor und er zuckte zusammen.

»Na gut, na gut. Also: Raban Mooshammer wurde direkt am Montag freigelassen und in allen Anklagepunkten freigesprochen. Johann ist ebenfalls wieder auf freiem Fuß. Er und Rica sind gestern in den Urlaub gefahren. Übrigens hat Andrina zugegeben, dass sie für den Unfall vor ein paar Jahren verantwortlich ist. Sie hatte kurz zuvor noch an der Maschine herumgebastelt. Die ganze Geschichte wird morgen exklusiv in der Waldzeitung gedruckt!«

»Das bedeutet, du bist dann endlich rehabilitiert?« In Laras Augen sammelten sich Tränen.

»Was bedeutet reha-bi-dings?« Freya hatte die Stirn in Falten gelegt.

»Dass ich den Tag noch erleben darf!«, rief Tamo feixend. »Meine kluge Schwester weiß etwas nicht.«

Dafür handelte er sich einen Rippenstoß und das Gelächter der anderen ein. Keines von beiden störte ihn sonderlich.

»Rehabilitieren bedeutet, dass der Ruf von Ruprecht bald wieder hergestellt ist«, erklärte Frau Baumgarten und strahlte.

Fabia spürte ihr Herz vor Freude überquellen. Endlich würden sie in der Schule nicht mehr wie Schnecken angeschaut werden. Doch wenn sie ehrlich war, machte ihr das nichts mehr aus. Sie hatte Tamo und Kion, was wollte sie mehr?

»Eine Frage hätte ich noch«, sagte Kion. »Wieso hat die Firma Weidmann genau jetzt deine Erfindung kaufen wollen? Ich meine, das ist ja der Grund gewesen, warum überhaupt erst der Verdacht auf sie gefallen ist.«

Rup grinste schief. »Daran ist euer Opa schuld.«

»Opa?«, fragte Fabia entgeistert.

»Ja. Er hat der Firma den Tipp gegeben, da ich ihn immer hab abblitzen lassen.«

Rups Mundwinkel zuckten. »Er wollte mir wohl eine Freude machen. Und hat die Polizisten auf den

Holzweg gebracht. Ich hätte nie gedacht, dass Andrina so etwas auf dem Kerbholz hat.«

Fabia verdrehte die Augen. Papa fing wieder mit seinen Baumsprüchen an. Mit einem kaum merklichen Grinsen zu Kion hinüber sagte sie: »Tja. Der bist du wohl auf den Leim gegangen, Papa.«

»Und hast den Wald vor lauter Bäumen nicht gesehen«, fügte Kion hinzu.

Tamo grinste. »Aber immerhin sind wir von Hölzchen auf Stöckchen gekommen und haben den Fall gelöst.«

Die anderen brachen in lautes Gelächter aus. Nur Rup schaute irritiert und sagte dann beleidigt: »Wieso klaut ihr mir meine Sprüche?«

Im Chor sagten die drei Arboritos: »Wie man in den Wald hinein ruft, so schallt es heraus!«

© Ylvie Wolf

YLVIE WOLF ist das Pseudonym der 1989 geborenen Jessica Jübermann und wird für den Selfpublishing-Bereich genutzt.
Sie lebt in Leverkusen und arbeitet als Lehrerin für die Fächer Mathematik, Kunst und Informatik. Das Thema Schreiben lässt sie bereits seit ihrer Jugend nicht los. Inspiration für ihre Kinderbücher holt sie sich bei langen Spaziergängen durch die Natur und beim Zeichnen sowie ihrem täglichen Umgang mit Schülern.
Schwerpunktmäßig findet man die junge Mutter im Bereich der fantastischen Kinderliteratur.

Webseiten:
www.arboritos.de
www.semikolons-welt.de

Instagram: YlvieWolf

Ylvie Wolf
Herzeleid
327 Seiten

Taschenbuch
ISBN 979-8475397954

Auch als eBook erhältlich!
ISBN 978-3754671283

Als Sentimentikerin hat Kate es nicht leicht, denn die Gefühle anderer Menschen am eigenen Leibe zu spüren, kann belastend sein.
Laurin besucht zum ersten Mal ihren Mathematikunterricht, sie fühlt seine Wut, seine Angst, seine Trauer. Vor einem Jahr hat er seine Mutter verloren. Bei dem Versuch, ihm unter die Arme zu greifen, trifft Kate auf seinen Vater und bricht von der Wucht seiner Emotionen beinahe zusammen.
Wie soll es ihr gelingen, der kleinen Familie zu helfen, bei der ein leichter Hauch genügen würde, das kaum mehr vorhandene Fundament aus Vertrauen und Zusammenhalt in alle Winde zu zerstreuen?